KB246826

예수의 생애

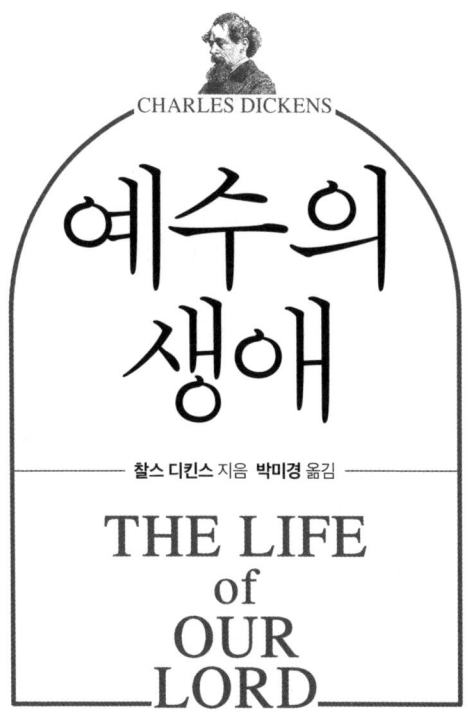

CHARLES DICKENS

예수의 생애

찰스 디킨스 지음 박미경 옮김

THE LIFE of OUR LORD

B 북폴리오

어렸을 때부터 내게 가장 큰 꿈은 아름답고 건강한 가정을 이루는 것이었다. 작년에 결혼을 하고, 하나님께서 우리 가정에 자녀를 선물해 주신다면 나는 과연 어떻게 아이를 키울 것인가, 어떤 가치를 심어 주며 길러야 할까 고민할 때가 있다. 특히 하나님을 향한 나의 믿음을 어떻게 자연스럽고 진실하게 전할 수 있을까.

이 책은 나의 기도에 잔잔한 답이 되어 주었다. 찰스 디킨스는 사랑하는 자녀들에게 가장 위대한 유산, 곧 자신의 신앙을 전하고 싶었다. 단순히 예수님의 생애를 그린 것이 아니라, 아버지의 마음이 담긴 자녀들을 향한 사랑의 편지였다. 세상엔 공개되지 않은 채 오직 가족만을 위해 남겨 두었던 이 글을 읽으며, 나도 언젠가 내 아이에게 신앙을 어떻게 전할 수 있을지 다시 생각하게 되었다.

상처 입은 사람 앞에 멈춰 서신 예수님, 죄인을 정죄하지 않으시고 끝까지 사랑하신 예수님의 모습을 성경을 따라 소박하고 따뜻한 언어로 담아냈다. 그리고 십자가 위에 못 박힌 상황에서 자신을 조롱하는 사람들마저 사랑하신 예수님의 사랑은 비난과 혐오가 난무한 현대사회 속에서 더욱 절실하게 다가온다. 이 책은 신앙이란 무엇인지, 우리가 어떻게 살아야 하는지를 조용히 일깨운다.

'네 이웃을 네 몸과 같이 사랑하라.'

예수님이 이 세상에 남긴 강력한 메시지가 내 마음속 깊이 새겨졌다.

박위(크리에이터, 유튜브 〈위라클〉 운영)

찰스 디킨스의 《예수의 생애》를 읽으며 마음 한편이 따뜻하게 데워지는 경험을 했습니다. 책장을 넘기던 중, 문득 저의 어린 시절이 떠올랐기 때문입니다. 교회 선생님이 예수님의 생애를 온몸으로 표현해 들려주시던 장면이었는데, 그때 선생님이 들려주시던 이야기만으로도 예수님의 사랑이 생생하게 마음에 전해졌던 기억이 떠올랐습니다.

이 책 역시 마치 사랑하는 사람이 곁에서 하나하나 들려주는 것처럼, 예수님의 삶을 따뜻하게 풀어냅니다. 가장 인상 깊었던 부분은, 예수님의 이야기를 전하는 중간중간 "사랑하는 아이들아." 하고 디킨스가 자녀에게 직접 말을 건네듯 설명하는 장면들이었습니다. 단순한 내용 전달을 넘어, 글 사이로 전해지는 한 아버지의 다정한 목소리와 믿음이 삶 속에서 어떻게 드러나야

하는지를 친절하게 짚어 주는 모습은 독자인 저에게도 마치 그 자리에 함께하고 있는 듯한 깊은 감동을 선사해 주었습니다.

부모라면 누구나 자녀가 예수님을 알고, 그분의 사랑을 삶으로 살아가기를 바라실 것입니다. 하나님께서도 부모의 마음으로 자녀인 우리들을 그렇게 바라보고 계시겠죠.《예수의 생애》는 그런 마음을 품은 이들에게 따뜻한 길잡이가 되어 주는 책입니다. 단순히 어린이용 신앙 서적이 아니라, 말씀을 다시 깊이 새기고 싶은 어른들에게도 잔잔한 울림을 전해 줍니다.

예수님의 삶을 더 깊이 이해하고 마음으로 가까이 다가가고 싶다면, 이 책과 함께 그 여정을 걸어 보시길 권해 드립니다. 아마 책장을 덮는 그 순간, 예수님이 더 가까이 느껴지고, 그분을 닮고 싶은 마음이 자연스럽게 피어날 것입니다.

저도 언젠가 부모가 된다면, 이렇게 진심 어린 따뜻한 마음으로 예수님을 소개할 수 있는 사람이 되고 싶습니다. 이 따뜻한 책을, 예수님의 사랑을 더 가까이 느끼고 싶은 모든 분께 기쁜 마음으로 권해 드립니다.

송지은(가수 겸 배우)

찰스 디킨스는 셰익스피어와 어깨를 나란히 하는 영국 문학의 거장입니다. 글을 읽지 못하는 대중을 위해 열정적으로 낭독회를 열어 전국적인 인기를 누렸던 그가, 특별히 자신의 아이들을 위해 쓴 책이 바로 《예수의 생애The Life of Our Lord》입니다.

예수의 생애를 다룬 이 원고는 매년 크리스마스, 아이들만을 위한 낭독회에서 사용되었기에 디킨스는 출판하지 말라는 유언을 남겼습니다. 그렇게 세상에 알려지지 않았던 원고는, 훗날 유언을 직접 듣지 못했을 손자에 의해 세상에 공개됩니다. 할아버지에게 허락을 구하지 못하는 대신, 천국에서 만날 날 용서를 빌겠다는 마음이었을까요.

디킨스는 예수의 탄생부터 부활까지, 그의 전 생애를 담담하게 서술합니다. 하지만 그의 다른 작품처럼 도덕주의

적 관점이 작품 전반에 스며들어, 예수의 신성과 구원 등 기독교 복음의 핵심 요소들은 다소 부족하게 다뤄지는 부분도 있습니다. 〈킹 오브 킹스〉 제작 당시 그의 관점이 온전히 수용되지 않은 이유이기도 합니다.

그럼에도 디킨스가 아이들에게 예수를 알리고 싶었던 마음, 즉 자식에 대한 사랑이 예수를 알기 바라는 마음으로 이어진 지점이 흥미롭습니다. 낭독회를 통해 대중과 소통했듯, 아이들에게 이 이야기를 들려줬다면 얼마나 더 진심을 다해 열정적으로 말해줬을까요?

창조주와 피조물의 끊어진 관계 회복이 기독교 복음의 핵심이라면, 자식을 둔 아버지로서 디킨스는 아이들과의 관계가 사랑으로 회복되기를 바랐을 것입니다. 예수가 세상에 온 목적이 그 지점에 맞닿아 있었기에 시나리오의 관점을 일관되게 유지할 수 있었습니다.

신앙 유무를 떠나 예수는 역사적으로 부정할 수 없는 실존 인물이며, 인류사에 지대한 영향을 미쳤습니다. 비록 《예수의 생애》 자체가 예수에 관한 모든 것을 설명해 주지 못하고 기독교적 신앙의 관점으로도 부족함이 있을지 모르지만, 그분이 전하고자 했던 사랑의 메시지는 시대와 지역을 초월하는 크나큰 의미를 지닙니다.

장성호(〈킹 오브 킹스〉 감독, 모팩스튜디오 대표)

찰스 디킨스는 《예수의 생애》를 오직 자기 아이들을 위해 썼다.

1846년에서 1849년 사이, 《데이비드 코퍼필드David Copperfield》를 집필하던 무렵에 직접 자필로 써 내려간 이 작품은 단지 자녀들에게 주기 위한 것이었다.

그가 예수 그리스도의 생애를 이처럼 소박하게 기록해 놓고도 굳이 일반 독자에게 공개하지 않은 이유는, 그가 남긴 말 속에 잘 드러나 있다.

심장마비로 세상을 떠나기 하루 전, 디킨스는 《에드윈 드루드의 미스터리The Mystery of Edwin Drood》 속 한 구절이 불경스럽다고 비판한 존 M. 메이캄에게 편지를 썼다. 그 편지의 마지막 단락, 어쩌면 디킨스가 생전에 쓴 마지막 문장일 수도 있는 그 구절에 관련 내용이 담겨 있었다.

"나는 늘 내 글에서 구세주의 삶과 가르침에 대한 경외심을 표현하려 노력해 왔습니다. 그런 감정을 마음 깊이 느꼈기 때문이고, 또 내 아이들을 위해 그 이야기를 다시 쓰기도 했기 때문입니다. 내 아이들은 모두 글을 읽기도 전, 아니 옹알이를 시작할 무렵부터 그 이야기를 반복해서 들었습니다. 하지만 나는 이 사실을 세상에 떠들썩하게 드러내지 않았습니다."

디킨스는 일부 원고를 스위스에서 집필했다. 1846년 6월 28일, 스위스 로잔에서 그는 장녀 메리 디킨스에게 다음과 같은 편지를 썼다.

"아이들을 위한 신약 성경의 절반 정도가 아직 남아 있어. 오늘 앉아서 그걸 썼단다."

그로부터 20여 년 후인 1868년, 막내아들 에드워드가 형 찰스를 따라 호주로 떠나게 되었을 때 디킨스는 편지에 이렇게 적었다.

"아버지가 네 책 사이에 신약 성경을 넣어 둔 건, 네가 아주 어렸을 때 아버지가 쉽게 풀어 써 줬던 그 이야기와 같은 마음에서란다. 신약 성경은 지금껏 세상에 나온 책 가운데

11

가장 훌륭하고 앞으로도 그럴 것이기 때문이지."

찰스 디킨스는 생전에 《예수의 생애》를 출간하도록 허락하지 않았다. 이 이야기가 자기 아이들에게 보내는 지극히 개인적인 기록이라고 확신했을 뿐만 아니라, 이처럼 내밀한 글이 공개되면 자신의 깊은 종교적 신념이 외부의 공격과 방어 논쟁에 휘말릴 수 있다고 우려했기 때문이다. 한 성직자에게 보낸 편지에서 디킨스는 이렇게 말했다.

"신약 성경에 대해 저보다 더 겸허한 경외심을 품고, 그 완전함에 대해 저보다 더 깊은 확신을 품은 사람은 많지 않으리라 생각합니다. … 지금껏 '문자'를 둘러싼 부적절한 다툼이 수많은 사람에게서 '성령'을 몰아내는 모습을 지켜보며, 말로 다할 수 없는 두려움과 혐오를 느꼈습니다."

처제인 조지나 호가스는 제임스 T. 필즈 부인에게 보낸 편지에서 《예수의 생애》에 대한 찰스 디킨스의 태도를 이렇게 기록하고 있다.

"이참에 형부가 자녀들을 위해 쓴, 작고 아름다운 신약 이야기를 말씀드려야겠네요. 안타깝게도 이 책은 영원히 세상에 나오지 못할 거예요. … 형부가 이 책을 쓴 시기는 여러 해 전, 그러니까 아이들이 아직 아주 어렸을 때였어요. 주로 누가복음을 바탕으로 한 열여섯 장 분량의 짧은 이야기인데, 감동적이고 단순하며, 그런 이야기답게 참으로 따뜻하지요. 형부는 이 글을 인쇄하길 한사코 원치 않았어요. 아이들이 아직 글을 읽지 못할 땐 제가 원고를 읽어 주곤 했답니다. … 제가 한번은 출판까진 아니더라도 가족들끼리 돌려 볼 수 있게 인쇄해 보는 건 어떻겠냐고 조심스레 떠본 적이 있어요. 그러자 형부는 원고를 다시 살펴보며 한두 주 생각해 보겠다고 했지요. 얼마 뒤, 원고를 돌려주면서 출판은 물론이요, 사적으로라도 인쇄하지 않기로 마음을 정했다고 하더군요. 다만 아내나 아이들을 위해 사본은 만들어도 좋다고 하면서, 그 외 다른 누구를 위해서도 원고나 사본이 집 밖으로 나가선 안 된다고 단단히 이르더군요. 그 일에 대해 형부가 얼마나 확고한 마음이었는지 잘 알기에, 우리도 두말없이 따를 수밖에 없었어요. … 형부가 세상을 떠난 뒤, 그 원고는 제 손에 남겨졌습니다. 형부의 유언에 따라 제게 맡겨진 사적인 문서들 가운데 하나였지요. 저는 곧장 그 원고를 메리에게 건넸습니다. 형부의 장녀인 메리가 이

글의 가장 자연스럽고도 마땅한 소유자라고 생각했기 때문이지요."

《예수의 생애》를 완성했을 당시, 디킨스는 여덟 자녀의 아버지였다. 장남 찰스 주니어는 1837년에 태어났고 막내 헨리 필딩은 1849년 1월에 태어났다. 갓 태어난 헨리와 두 살배기였던 시드니를 제외하면, 나머지 아이들은 네 살에서 열두 살 사이로 말도 또렷하고 궁금증도 많은 시기였다. 종교와 신앙에 관한 아이들의 질문에 답해 주고자 디킨스는 예수의 생애가 담긴 이 단순한 이야기를 써 내려가기로 마음먹었다.

이렇게 탄생한 원고는 85년 동안 가족의 소중한 비밀로 간직되었다. 조지나 호가스가 세상을 떠난 뒤, 원고는 디킨스의 막내아들 헨리 필딩 디킨스 경에게로 넘어갔으며, 디킨스의 자녀가 살아 있는 동안에는 절대로 출간하지 말라는 당부도 함께 전해졌다.

1933년 크리스마스 연휴를 앞두고, 헨리 필딩 디킨스 경은 런던에서 눈을 감으면서 다음과 같은 유언을 남겼다.

"아버지 유언에 따라《예수의 생애》원고는 조지나 호가

스 이모에게 유증되었고, 이모가 내게 맡긴 원고를 나는 다시 아내에게 남긴다. 이 글이 출판되길 원치 않으셨던 아버지 뜻을, 나는 아들로서 존중해야 한다는 책임감을 느껴 왔다. 그러나 그러한 생각을 자식들에게까지 강요하는 건 옳지 않다고 본다. 게다가 출판을 명시적으로 금지한 지시는 찾을 수 없었다. 그러므로 나는 아내와 자녀들이 이 문제를 내 견해에 얽매이지 말고 자유롭게 판단하길 바란다. 만약 다수의 의견이 출간하지 않겠다로 모아진다면, 아내는 이 원고를 영국 박물관의 신탁 관리인에게 일반 조건에 따라 맡겼으면 한다. 반대로, 출간하기로 의견이 모아진다면 아내는 이 원고를 신탁 형식으로 매각하고, 순수익을 아내와 자녀들에게 균등하게 나누도록 한다."

이후 헨리 경의 아내와 자녀들은 다수의 의견에 따라 출간을 허락하기로 했고, 그렇게 해서 찰스 디킨스의《예수의 생애》가 세상에 공개되었다.

발행인

15

찰스 디킨스
아들 헨리 디킨스 경이 가장 아꼈던 아버지의 초상화

《예수의 생애》 원고의 첫 페이지 사본

CHAPTER
1

1

사랑하는 아이들아,

아버지는 너희가 예수 그리스도의 이야기를 꼭 알았으면 한단다. 누구나 그분에 대해 알아야 하니까. 세상에 살았던 사람들 가운데 예수님만큼 선하고 친절하고 온유하며, 또 잘못한 사람이나 병들고 괴로운 사람들을 그토록 가엾게 여기신 분은 없었어. 지금 그분은 우리가 죽은 뒤 다시 만나, 함께 영원히 행복하게 살기를 바라는 천국에 계시지. 그분이 어떤 분이고 무슨 일을 하셨는지 모르면, 천국이 얼마나 좋은 곳인지 제대로 상상할 수 없을 거야.

예수님은 아주아주 오래전, 그러니까 이천 년쯤 전에 베들레헴이라는 곳에서 태어나셨단다. 부모는 원래 나사렛이라는 도시에서 살았지만, 볼일이 있어서 베들레헴에 가야 했어. 아버지 이름은 요셉, 어머니 이름은 마리아였어. 그런데 베들레헴은 일을 보러 온 사람들로 몹시 붐벼서 여관이고 어디고 간에 요셉과 마리아가 머물 방이 없었어. 두 사람은 할 수 없이 누추한 마구간에 들어갔고, 바로 그 마구간에서 예수님이 태어나셨어. 아기를 눕힐 요람 같은 게 없어서, 마리아는 사랑스러운 아기를 구유에 뉘었단다. 말들이 여물을 먹는 통 말이야. 아기 예수는 그 구유에서 조용히 잠이 들었지.

아기 예수가 잠들어 있을 때, 들판에서 양 떼를 지키던 목자들 앞에 하나님의 천사가 나타났단다. 참으로 밝고 아름답게 빛나는 천사가 풀밭을 가로질러 그들 쪽으로 다가왔어. 처음에 목자들은 너무 놀라고 두려워서 땅에 엎드려 얼굴을 가렸어. 그러자 천사가 말했어.

"오늘, 이 근처 베들레헴에서 한 아기가 태어났다. 이 아기는 하나님의 아들이며, 자라서 사람들에게 서로 사랑하고, 다투거나 해치지 말라고 가르칠 것이다. 그분은 예수 그리스도라 불릴 것이고, 사람들은 그 이름을 부르며 기도하게 될 것이다. 하나님께서 그 이름을 사랑하신다는 사실을 알게 되고, 자신들도 사랑해야 한다는 사실을 깨닫게 될 테니까."

그런 다음, 천사는 목자들에게 마구간으로 가서 구유에 누인 아기를 보라고 일렀어. 목자들은 곧장 그곳으로 가서, 잠든 아기 예수 곁에 무릎을 꿇고 말했어.

"하나님, 이 아기에게 복을 내려 주소서!"

현재 영국에서 가장 큰 도시가 런던이듯, 당시 이스라엘에서 가장 큰 도시는 예루살렘이었어. 예루살렘에는 헤롯이라는 왕이 살고 있었지. 그런데 어느 날, 동방의 먼 나라에서 현자들이 찾아와 왕에게 말했단다.

"하늘에 특별한 별이 나타났습니다. 그 별은 우리에게 베들레헴에서 한 아기가 태어났고, 그 아이가 자라서 모든 사람에게 사랑받는 인물이 될 거라고 알려 줬습니다."

헤롯 왕은 이 말을 듣고 속으로 질투가 치밀었단다. 본래 사악한 사람이었거든. 하지만 겉으로는 아무렇지 않은 척하면서 박사들에게 말했어.

"그 아기가 어디에 있는지 알고 있느냐?"

그러자 현자들이 말했지.

"정확히는 알지 못하지만, 지금껏 그 별이 우리 앞에서 계속 길을 인도해 주었습니다. 지금은 이 근처 하늘에 멈춰 서 있습니다."

헤롯 왕은 박사들에게 아기가 사는 곳을 그 별이 알려 주어 직접 보게 되거든, 돌아와서 보고하라고 명했단다. 그래서 현자들은 길을 나섰고 별도 다시 움직이기 시작했단다. 별은 그들 머리 위에서 조금 앞서 나아가더니, 마침내 아기가 있는 집 위에 멈춰 섰지. 참으로 신비로운 일이었지만, 실은 하나님께서 그렇게 되도록 하신 거란다.

별이 멈추자 현자들은 마구간으로 들어가, 어머니 마리아와 함께 있는 아기를 보았단다. 그들은 사랑스러운 아기에게 경배하고 선물도 바쳤어. 그런 다음, 다시 길을 떠났어. 하지만 헤롯 왕에게 돌아가진 않았단다. 왕이 말로 드러내진 않았지만, 질투심에 사로잡혔다는 사실을 눈치챘거든. 그들은 밤이 깊은 틈을 타서 자기네 나라로 돌아갔어. 그런데 그날 밤, 하나님의 천사가 요셉과 마리아에게 나타나 아기를 데리고 얼른 이집트로 달아나라고 말했어. 안 그러면 헤롯 왕이 아기를 해칠 거라고. 그래서 요셉과 마리아는 아기 예수를 데리고 한밤중에 길을 떠났고, 무사히 이집트에 도착했단다.

한편, 잔인한 헤롯 왕은 현자들이 돌아오지 않자, 아기 예수가 사는 데를 알아낼 수 없겠다고 판단했어. 그래서 병사들과 장교들을 불러, 자기 나라에 사는 두 살 이하의 아기를 모조리 죽이라고 명령했어. 악한 병사들은 그 명령대로 했단다. 엄마들은 아이를 품에 안고 사방팔방 뛰어다니며 어떻게든 지키려 애썼어. 동굴이나 지하실에 숨기려고도 했지만, 아무 소용이 없었어. 칼을 든 병사들이 샅샅이 찾아내다 죽였거든. 이 끔찍한 사건은 나중에 '무고한 아이들의 학살'이라고 불렸단다. 아이들이 얼마나 순수하고 죄 없는 존재였는지 다들 알았으니까.

헤롯 왕은 학살된 아기들 가운데 예수 그리스도도 있기

를 바랐단다. 하지만 너희도 알다시피, 그분은 이집트로 무사히 피신했지. 예수님이 아버지, 어머니와 함께 그곳에서 조용히 지내는 동안, 나쁜 헤롯 왕은 결국 죽고 말았단다.

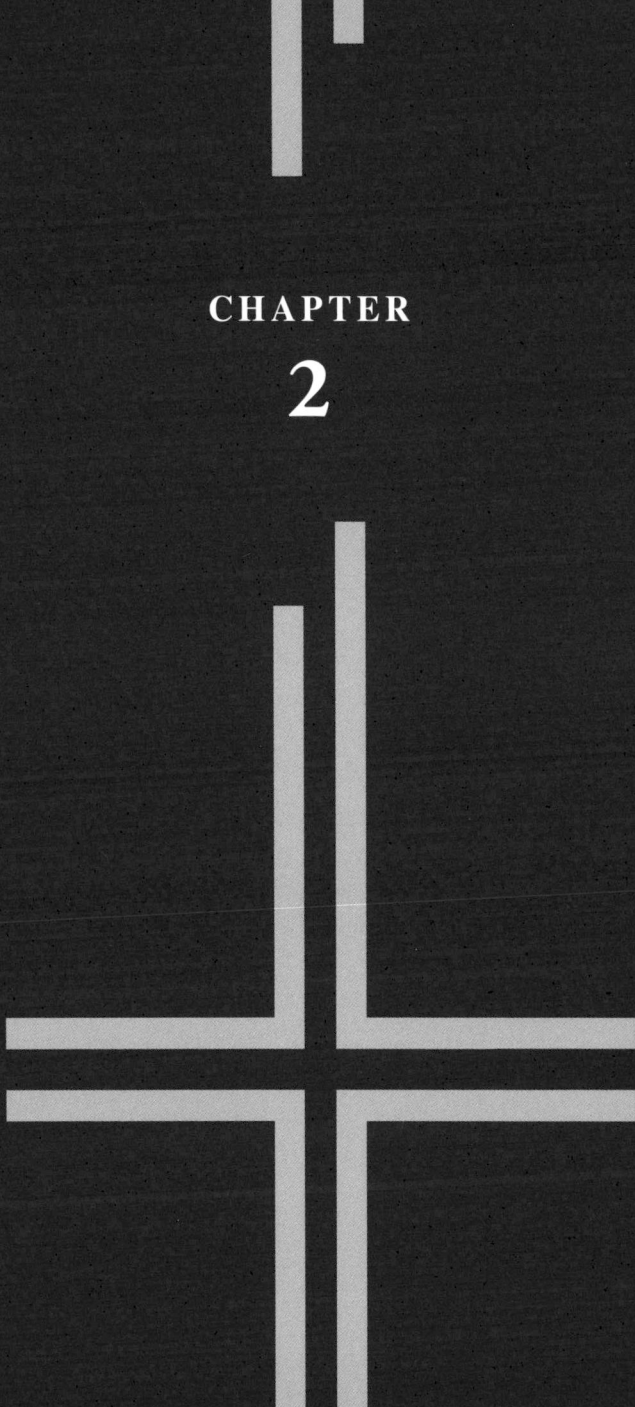

CHAPTER
2

2

헤롯 왕이 죽고 나자, 하나님의 천사가 다시 요셉에게 나타났단다. 천사는 이제 아이의 안전을 걱정하지 않아도 되니 예루살렘으로 돌아가도 좋다고 알려 주었어. 그래서 요셉과 마리아, 그들의 아들 예수 그리스도(이 가족을 흔히 '성가족'이라고 부른단다)는 예루살렘을 향해 길을 떠났어. 그런데 가는 도중에 헤롯의 아들이 새로 왕위에 올랐다는 소식을 듣게 되었지. 혹시나 그 왕도 아이를 해치려 들까 봐 요셉과 마리아는 발길을 돌려 나사렛이라는 마을로 향했어.

그곳에서 조용히 살다 보니, 아이는 어느새 열두 살이 되었단다.

그러던 어느 날, 요셉과 마리아는 당시 치러지던 종교 축제에 참석하려고 어린 예수를 데리고 예루살렘 성전으로 갔어. 성전은 웅장한 교회나 대성당 같은 장소란다. 축제가 끝난 뒤, 그들은 수많은 친구와 이웃들 무리에 섞여 나사렛으로 돌아가는 길에 올랐어. 그 시절에는 강도를 만날까 봐 여럿이 함께 다녔단다. 요즘처럼 도로가 안전하지도, 잘 정비되어 있지도 않아서 여행길이 훨씬 더 험난했거든.

온종일 걸어가면서도 요셉과 마리아는 예수 그리스도가 없어진 줄 전혀 몰랐단다. 함께 가던 사람들이 워낙 많다 보니, 눈에 띄지 않아도 무리 어딘가에 있다고 생각했던 거야. 하지만 아무리 찾아도 보이지 않자, 혹시라도 예수님이 길을 잃었을까 봐 두 사람은 급히 예루살렘으로 되돌아갔어. 간신히 찾고 보니, 어린 예수는 박사들과 마주 앉아 하나님의 선하심과 우리가 어떻게 기도해야 하는지를 이야기하고 있었어. 그때 말하던 박사doctor는 지금처럼 병을 고치는 의사가 아니라 지혜롭고 학식 있는 학자를 의미했단다. 어린 예수가 하는 말과 질문이 어찌나 깊고 놀라운지, 그 자리에 있던 박사들이 혀를 내두르며 감탄했단다.

요셉과 마리아는 예수님을 찾아서 나사렛으로 함께 돌아갔어. 그곳에서 예수님은 서른 살, 또는 서른다섯 살까지 사셨어.

그 무렵, 요한이라는 아주 훌륭한 사람이 있었단다. 요한은 마리아의 사촌인 엘리자베스라는 여인의 아들이었어. 당시 사람들은 사납고 폭력적이라 서로 해치기도 하고, 하나님을 향한 도리도 잊고 살았단다. 그래서 요한은 그런 사람들을 바른길로 이끌고자 전국을 다니며 설교하고, 더 나은 사람이 되라고 간절히 권했지. 사람들을 자기 자신보다 더 아끼고 사랑했기에, 남들에게 선한 일을 행할 때 자신의 불편쯤은 전혀 신경 쓰지 않았어. 허름한 낙타 가죽을 걸치고, 여기저기 다니면서 구한 메뚜기 같은 곤충이나 야생 꿀로 끼니를 때웠어. 너희는 메뚜기를 본 적이 없지. 여기서 한참 떨어진 예루살렘 근처 시골에만 서식하거든. 낙타도 그곳에 사는 동물이지. 하지만 낙타는 봤을 것 같구나. 사람들이 가끔 이곳으로 데려오기도 하니까. 궁금하면 내가 나중에 보여 주마.

예루살렘에서 멀지 않은 곳에 요단강이라는 강이 흐르고 있었단다. 이곳에서 요한은 자기에게 찾아와 더 나은 사람이 되겠다고 다짐하는 이들에게 세례를 베풀었어. 많은 사람이 무리를 지어 그를 찾아왔어. 예수 그리스도도 그들 가운데 계셨지. 그런데 요한은 예수님을 보자 깜짝 놀라며 이렇게 말했어.

"저보다 훨씬 더 훌륭하신 분에게 제가 어떻게 감히 세례를 드릴 수 있겠습니까?"

그러자 예수님은 조용히 말씀하셨어.

"지금은 그렇게 하여라."

그래서 요한은 예수님에게 세례를 베풀었단다. 그 순간, 하늘이 열리고 비둘기처럼 아름다운 새가 내려왔어. 그리고 천국에서 하나님의 목소리가 울려 퍼졌어.

"이는 내가 사랑하는 아들이요, 내가 기뻐하는 자다!"

그 뒤, 예수 그리스도는 거칠고 쓸쓸한 광야로 가서 마흔 날 마흔 밤을 머무셨단다. 사람들에게 도움이 되는 삶을 살게 해 달라고, 그들을 더 나은 사람으로 이끌게 해 달라고 간절히 기도하셨지. 그래야 그들이 죽은 뒤에 천국에서 참 된 행복을 누릴 수 있을 테니까.

광야에서 나온 이후로 예수님은 병든 사람에게 손을 얹 기만 해도 치유할 수 있었단다. 하나님께서 병자를 치유하 고 눈먼 사람을 볼 수 있게 하는 등, 아버지가 너희에게 지 금부터 들려줄 수많은 일을 행할 능력을 주셨거든. 이렇게 놀라운 일을 우리는 그리스도의 '기적'이라고 부른단다. 이 말을 꼭 기억해 두면 좋겠구나. 앞으로 여러 번 등장할 이 '기적'이라는 말은, 하나님의 뜻과 도움 없이는 도저히 일어 날 수 없는 아주 경이로운 일이란다.

예수님이 처음으로 행하신 기적은 가나라는 마을에서 일 어났어. 예수님은 어머니 마리아와 함께 혼인 잔치에 참석 했는데, 잔칫집에 포도주가 다 떨어져 버렸지 뭐니. 그 사실 을 마리아가 예수님에게 알려 주었지. 그곳엔 돌항아리 여 섯 개에 물만 가득 담겨 있었어. 그런데 예수님이 손을 드 시자, 그 물이 죄다 포도주로 변했어. 잔치에 모인 사람들은 그 포도주를 실컷 마실 수 있었어.

하나님께서 예수 그리스도에게 이런 놀라운 일을 행할 능력을 주셨다고 말했지. 예수님은 이런 기적을 통해 자기가 평범한 사람이 아님을 알리고, 사람들이 자신의 가르침을 믿게 하며, 하나님께서 자신을 이 땅에 보내셨다는 사실을 전하고자 하셨단다. 예수님이 병자들을 고쳤다는 이야기가 널리 퍼지자, 실제로 많은 사람이 예수님을 믿기 시작했어. 예수님이 가는 곳마다 큰 무리가 뒤를 따랐단다.

CHAPTER

3

3

함께 다니면서 가르침을 전할 좋은 사람들이 필요했기에, 예수님은 가난한 사람들 가운데서 열두 명을 뽑으셨단다. 이 열두 명은 '사도' 또는 '제자'라고 불리지. 예수님이 일부러 가난한 이들 중에서 제자를 택하신 이유는, 그들이 앞으로도 언제나 다음과 같은 사실을 잊지 않기를 바라셨기 때문이야. 하늘나라는 부유한 이들뿐만 아니라 가난한 이들을 위해서도 열려 있고, 하나님께서는 좋은 옷을 입은 사람이나 맨발에 누더기를 걸친 사람이나 차별하지 않으신다는 걸 말이지. 세상에서 가장 불쌍하고 가장 흉하고 병들고 고통받는 존재라 할지라도, 이 땅에서 착하게 살면 천국에서 눈부신 천사가 될 수 있단다. 이 사실을 어른이 된 뒤에도 잊지 말아야 한다. 사랑하는 아이들아, 남자든 여자든 아이든 어른이든, 가난한 사람들 앞에서 절대로 우쭐대거나 무례하게 굴지 말거라. 혹시 그들이 나쁜 짓을 하더라도, 다정한 친구와 좋은 집이 있고 올바른 가르침을 받았더라면 분명 더 나은 사람이 되었을 거라고 생각하렴. 언제나 따뜻한 말로 그들을 대하고 좋은 방향으로 이끌도록 노력해라. 그리고 어떻게든 그들을 가르치고 도와주도록 해라. 누군가가 가난하고 불쌍한 이들을 험담하거든, 예수 그리스도가 바로 그런 이들 곁에 머물면서 그들을 가르치고 귀하게 돌보셨다는 사실을 꼭 기억하렴. 너희도 언제나 그들을 가엾게 여기고 가능한 한 좋은 눈으로 바라보도록 해라.

열두 사도의 이름은 시몬 베드로, 안드레, 세베대의 아들 야고보, 요한, 빌립, 바돌로매, 도마, 마태, 알패오의 아들 야고보, 다대오, 시몬, 가룟 유다란다. 이 가운데 가룟 유다는 훗날 예수님을 배반하게 될 인물이지. 그 이야기는 차차 알려 주마.

열두 제자 가운데 처음 네 사람은 가난한 어부였단다. 그들이 해안가에 배를 대고 앉아 찢어진 그물을 고치고 있는데, 마침 예수님이 그 곁을 지나가셨어. 예수님은 걸음을 멈추고 시몬 베드로의 배에 올라, 물고기를 많이 잡았느냐고 물으셨지. 베드로가 고개를 저으며 밤새도록 그물을 던졌지만 한 마리도 못 잡았다고 대답했어. 그러자 예수님은 그물을 다시 내려 보라고 하셨어.

그 말씀대로 하자 그물이 금세 물고기로 가득 찼어. 너무 무거워서 끌어올릴 수조차 없었지. 사람들이 달려와 힘을 보태 주었는데도 그물을 건져 내기가 무척 힘겨웠어. 이 일은 예수 그리스도가 보여 주신 또 하나의 기적이란다.

예수님이 또 말씀하셨어.

"나와 함께 가자."

그 말에 그들은 곧바로 예수님을 따라나섰지. 그때부터 열두 제자, 곧 사도들은 늘 예수님과 함께 다녔단다.

예수님을 따르는 무리가 점점 많아지고, 다들 그분의 가르침을 받고 싶어 하자, 예수님은 산에 올라가 말씀을 전하셨단다. 그리고 그 자리에서, 너희도 매일 밤 기도할 때 외우는 기도를 직접 가르쳐 주셨지. "하늘에 계신 우리 아버지"로 시작하는 그 기도 말이야. 이를 '주기도문'이라고 부르는데, 예수 그리스도가 처음 말씀하시고 또 제자들에게 그렇게 기도하라고 명하셨기 때문이란다.

예수님이 산에서 내려오셨을 때, 나병이라는 무서운 병에 걸린 한 사내가 다가왔단다. 당시엔 흔한 병이었는데, 그 병에 걸린 사람을 나병 환자라고 불렀지. 그 나병 환자가 예수 그리스도의 발 앞에 엎드려 말했어.

"주여! 주께서 원하신다면 저의 병을 낫게 하실 수 있습니다!"

예수님은 언제나 그러셨듯, 불쌍히 여기는 마음으로 손을 내밀며 말씀하셨어.

"내가 원하노니, 깨끗하게 되어라!"

그 즉시 사내의 병은 깨끗이 나았단다.

예수님이 가시는 곳마다 수많은 군중이 따라다녔어. 어느 날, 예수님은 제자들과 함께 어느 집에 들어가 쉬고 계셨어. 그사이, 사내 몇 명이 들것에 병자를 실어 데리고 왔어. 중풍에 걸려 온몸을 떨며 일어서지도, 걷지도 못하는 병자였어. 그런데 사람들이 문과 창문까지 가득 메우고 있어서 예수님에게 가까이 갈 수 없었지. 그래서 그들은 야트막한 지붕으로 올라가, 기와를 뜯어내고 병자가 누운 들것을 예수님이 계신 방으로 내렸어. 예수님은 그를 보자 참으로 가엾어서 이렇게 말씀하셨어.

"일어나 네 자리를 들고 집으로 돌아가거라!"

그러자 병자는 벌떡 일어나, 예수님을 찬양하고 하나님께 감사드리면서 멀쩡한 몸으로 걸어 나갔단다.

그곳에 백 명의 병사를 지휘하는 장교인 백부장도 있었는데, 그가 예수님에게 나아와 이렇게 말했어.

"주여! 제 하인이 몹시 아파 집에 누워 있습니다."

예수님이 대답하셨어.

"내가 가서 고쳐 주겠노라."

그러자 백부장이 말했어.

"주여! 저는 우리 집에 주님을 모실 자격이 없습니다. 주님께서 말씀만 하셔도 제 하인이 반드시 나을 줄 믿습니다."

예수님은 그의 깊은 믿음에 기뻐하면서 "그렇게 될지어다!"라고 말씀하셨어. 그 순간, 백부장의 하인은 말끔히 나았단다.

하지만 예수님에게 나아온 사람들 가운데, 이 사람만큼 깊은 슬픔과 절망에 잠긴 이는 없었단다. 그는 많은 사람을 다스리는 지도자였는데, 두 손을 부여잡고 이렇게 울부짖었어.

"오, 주여! 제 딸이, 어여쁘고 착하고 순결한 제 어린 딸이 죽었습니다. 부디 그 아이에게 가 주십시오. 가서서 주님의 복된 손을 그 위에 얹어 주십시오. 그러면 딸아이는 다시 살아날 것입니다. 다시 생명을 얻고, 저와 제 아내에게 기쁨을 안겨 줄 것입니다. 오, 주여! 저희는 그 아이를 너무나 사랑합니다. 정말 너무나도 사랑하는데, 그 아이는 그만 죽고 말았습니다!"

예수 그리스도가 그 아버지와 함께 길을 나서자 제자들도 함께 따라갔어. 집에 도착해 보니, 죽은 아이가 누워 있는 방에서 친구들과 이웃들이 슬피 울고 있었어. 당시 풍습대로, 죽은 사람을 위해 잔잔한 음악도 흐르고 있었지. 예수님은 슬픈 눈빛으로 아이를 바라보다가 가엾은 부모를 위로하며 말씀하셨어.

"아이는 죽지 않았다. 그냥 자고 있을 뿐이다."

그런 다음 방에 있던 사람들을 모두 물러나게 하시고, 죽은 아이에게 다가가 손을 잡으셨어. 그러자 아이가 마치 깊은 잠에서 깨어난 듯 멀쩡한 모습으로 일어났단다. 그 순간, 아이의 부모는 얼마나 놀라고 기뻤을까! 그들이 아이를 꼭 끌어안고 입을 맞추며, 이토록 큰 은총을 베푸신 하나님과 그의 아들 예수 그리스도에게 얼마나 감사했을지 상상해 보렴!

예수님은 이처럼 자비롭고 다정한 분이셨어. 언제나 선한 일을 행하셨고, 하나님을 사랑하는 법과 죽은 뒤 천국에 갈 수 있다는 소망을 가르치셨지. 그래서 사람들은 그분을 '구세주'라고 불렀단다.

CHAPTER

4

4

구세주가 기적을 행하신 그 나라에는 바리새인이라 불리는 사람들이 살았단다. 그들은 매우 교만해서 자기들만 옳고 선하다고 믿었지. 그래서 예수님이 사람들에게 더 바르고 참된 가르침을 전하시자, 오히려 그분을 두려워했단다. 사실 이런 태도는 바리새인들만의 문제가 아니었어. 유대인들 사이에도 널리 퍼져 있었거든. 그 나라 사람들은 대부분 유대인이었어.

어느 날, 예수님이 제자들과 함께 들판을 거닐고 계셨어.

그날은 유대인들이 요즘도 안식일이라고 부르는 날이었지. 제자들이 배가 고파 들판에서 자라던 곡식 이삭을 조금 잘라 먹었어. 그 모습을 본 바리새인들은 잘못된 행동이라고 비난했단다. 또 한번은 예수님이 유대인의 예배당인 회당에 들어가셨을 때였어. 그곳엔 한 손이 오그라들어 못 쓰게 된 불쌍한 사람이 있었어. 예수님은 그를 안타까운 눈빛으로 바라보셨지. 그러자 바리새인들이 물었어.

"안식일에 사람을 고치는 것이 과연 옳은 일입니까?"

예수님은 그들에게 이렇게 말씀하셨어.

"너희 중 누구든 양 한 마리가 구덩이에 빠졌다면, 안식일이라고 해서 꺼내 주지 않겠느냐? 하물며 사람은 양보다 훨씬 더 귀하지 않으냐!"

그런 다음, 예수님은 불쌍한 남자에게 "손을 내밀어라!"라고 말씀하셨어.

남자가 그렇게 하자 그의 손은 즉시 나아서 다른 손처럼 매끈하고 쓸모 있게 되었지. 예수님은 바리새인들에게 이렇게 말씀하셨어.

"그날이 무슨 날이 되었든 선한 일은 언제든 할 수 있는

법이다."

이 일이 있고 얼마 지나지 않아, 예수님은 나인이라는 성으로 들어가셨어. 그 뒤를 많은 사람이 무리를 지어 따라갔지. 특히 친척이나 친구나 아이가 아픈 사람들은 예수님이 지나가시는 거리마다 병자를 데리고 나와, 손을 대 달라고 간청했어. 예수님이 손을 대시기만 하면, 놀랍게도 병이 다 나았단다. 예수님이 무리에 섞여서 나아가시다 성문 근처에 이르렀을 때, 마침 장례 행렬이 지나가고 있었어. 젊은 청년의 장례였는데, 그는 그 나라 풍습에 따라 뚜껑 없는 관에 실려 있었어. 요즘도 이탈리아의 여러 지역에선 이런 식으로 장례를 치른다는구나. 가엾은 어머니가 관을 따라가며 구슬피 울었어. 외아들이라 더 슬퍼했지. 예수님은 애통해하는 어머니를 보고 마음이 아파서 이렇게 말씀하셨어.

"눈물을 거두어라!"

관을 들었던 상여꾼들이 가만히 멈춰 서자, 예수님은 관에 다가가서 젊은이의 손을 잡고 말씀하셨어.

"젊은이여, 일어나라!"

예수님의 말씀에 죽었던 청년이 일어나서 말하기 시작했어. 예수님은 젊은이를 어머니에게 맡기고 다시 길을 떠나셨어. 그 순간, 그 어머니와 아들이 얼마나 기뻤을지 생각해 보렴!

그 무렵, 사람들이 너무 많이 몰려들자 예수님은 물가로 내려가 배를 타고 좀 더 한적한 곳으로 향하셨어. 배 안에서 예수님은 잠시 눈을 붙이셨고 제자들은 갑판에 앉아 있었어. 그런데 예수님이 잠든 사이, 난데없이 거센 폭풍이 몰아쳤어. 들이치는 파도와 사나운 바람에 배가 요동치자 제자들은 곧 가라앉겠다고 생각했어. 겁에 질린 제자들이 예수님을 깨우며 소리쳤어.

"주여! 우리를 살려 주십시오! 이러다 다 죽겠습니다!"

예수님은 일어나 팔을 들고서, 휘몰아치는 바다와 울부짖는 바람을 향해 말씀하셨어.

"잠잠해져라! 고요해져라!"

그러자 놀랍게도 바다가 금세 잠잠해지고 날씨도 다시 온화해졌어. 배는 평온한 물살을 타고 안전하게 나아갔지.

강 건너편에 도착한 그들이 목적지인 성으로 들어가려면

외딴 묘지를 지나가야 했단다. 당시엔 묘지가 모두 성 밖에 있었거든. 그런데 그 묘지엔 무시무시한 미치광이가 살고 있었어. 그는 무덤 사이를 헤매며 밤낮으로 울부짖었고, 그 소리를 들은 사람들은 지나가기 무서울 정도였지. 사람들이 쇠사슬로 묶어 보기도 했지만, 그는 매번 사슬을 끊어 냈어. 그만큼 힘이 셌거든. 그는 또 날카로운 바위에 부딪혀 스스로 온몸에 끔찍한 상처를 내기도 했어. 그러면서 계속 비명을 질러 댔단다. 이 비참한 남자가 멀리서 예수님을 보더니 소리쳤어.

"하나님의 아들이다! 오, 하나님의 아들이시여, 제발 나를 괴롭히지 마십시오!"

가까이 다가간 예수님은 그가 악령에 사로잡혀 있다는 걸 알아채셨어. 그래서 얼른 그의 몸에서 악령을 쫓아내고, 마침 근처에서 먹이를 먹던 돼지 떼 속으로 들어가게 하셨어. 그러자 돼지 떼는 미친 듯이 비탈길을 내달려 바다에 빠졌고, 결국 모두 죽고 말았어.

이때 그 땅을 다스리던 이는 바로 무고한 아이들을 학살

했던 잔혹한 왕 헤롯의 아들인 헤롯이었어. 그는 예수 그리스도가 놀라운 기적을 일으킨다는 소문을 들었지. 눈먼 자를 보게 하고 귀먹은 자를 듣게 하며, 말 못 하는 자를 말하게 하고 못 걷는 자를 걷게 한다는 내용이었어. 그리하여 수많은 사람이 예수님을 따른다는 이야기를 듣자, 헤롯은 이렇게 말했어.

"세례 요한과 한통속인 자로구나."

너희도 기억하겠지만 세례 요한은 낙타 가죽을 걸치고 야생 꿀로 끼니를 잇던 선한 사람이었어. 그런데 사람들에게 하나님의 뜻을 가르치고 설교했다는 이유로 헤롯에게 붙잡혀 궁전 감옥에 갇히고 말았지.

헤롯이 세례 요한에게 분노를 품고 있던 어느 날, 왕의 생일이 다가왔어. 왕에게는 헤로디아라는 딸이 있었는데, 춤을 아주 잘 추는 아이였지. 헤로디아가 아버지를 기쁘게 하려고 잔치 자리에서 춤을 추었어. 헤롯은 그 모습에 크게 만족해서, 원하는 건 무엇이든 들어주겠다고 약속했어. 그러자 헤로디아가 말했어.

"아버지, 세례 요한의 머리를 소반에 얹어 갖다주세요."

헤로디아는 잔인하고 사악한 데다 요한을 지독히 미워했거든.

왕은 마음이 불편했단다. 세례 요한을 감옥에 가두긴 했지만 죽이고 싶진 않았거든. 하지만 자기가 약속한 말을 어길 수 없었기에, 병사들을 감옥으로 보내 세례 요한의 목을 베어 헤로디아에게 주라고 명했어. 병사들은 명령을 이행하고, 헤로디아가 요구한 대로 요한의 머리를 소반에 얹어 갖다주었지. 예수님은 이 끔찍한 소식을 사도들에게 전해 듣고 그들과 함께 다른 곳으로 떠나셨어. (떠나기 전날 밤, 사도들이 은밀히 요한의 시신을 장사 지내 주었단다.)

CHAPTER

5

5

어느 바리새인이 구세주에게 자기 집으로 가서 식사하자고 간절히 청했단다. 예수님이 그 집 식탁에 앉아 식사하고 계시는데, 인근에 사는 죄 많은 여인이 살며시 들어왔어. 그녀는 죄를 짓고 방탕한 삶을 살아온지라 하나님의 아들 앞에 나서기가 부끄러웠어. 그래도 진심으로 잘못을 뉘우치는 이들을 향한 예수님의 선하심과 자비하심을 믿었기에, 예수님이 앉아 계신 자리 뒤로 조금씩 다가갔어. 그리고 발치에 엎드려 통한의 눈물로 예수님의 발을 적셨어. 그 발에 입을 맞춘 뒤, 기다란 머리칼로 그 눈물을 닦고서 가져온 향유를 꺼내 예수님의 발에 정성껏 발랐단다. 여인의 이름은 막달라 마리아였어.

바리새인은 예수님이 그 여인의 손길을 막지 않으시는 모습을 보고 생각했어.

'예수는 저 여인이 얼마나 많은 죄를 지었는지 모르는 모양이군.'

하지만 예수님은 그의 속내를 간파하고 이렇게 말씀하셨단다.

"시몬아," 그 사람 이름이 시몬이었어. "어떤 사람에게 빚진 자가 두 명 있었는데, 한 명은 오백 데나리온을, 다른 한 명은 오십 데나리온을 빚졌다고 하자. 그런데 그가 두 사람의 빚을 모두 탕감해 주었다면, 둘 중 누가 더 그를 사랑하겠느냐?"

시몬이 대답했어.

"그야 빚을 더 많이 탕감받은 사람이겠지요."

예수님은 그 말이 옳다면서 이렇게 말씀하셨어.

"이 여인도 그토록 많은 죄를 용서받았으니, 하나님을 더 깊이 사랑하게 될 것이다."

그런 다음 여인에게 말씀하셨어.

"하나님이 네 죄를 용서하셨다!"

그 자리에 있던 사람들은 예수 그리스도가 죄를 용서할 권능이 있는지 의아해했지만, 하나님께서 실제로 예수님에게 그런 권능을 부여하셨어. 여인은 예수님의 자비에 깊이 감사드리고 자리를 떠났단다.

이 일화에서 우리가 꼭 배워야 할 점이 있단다. 우리에게 해를 끼친 사람이라도 진심으로 뉘우치고 사과한다면, 반드시 용서해야 해. 설사 그들이 와서 사과하지 않더라도 미워하거나 모질게 대하지 말고 마음으로 용서해야 한단다. 하나님께서 우리 죄를 용서해 주시길 바란다면, 우리도 용서하며 살아야 하는 거야.

얼마 뒤, 유대인의 명절이 다가오자 예수님은 예루살렘으로 가셨어. 예루살렘의 양 시장 근처에 베데스다라는 연못이 있었는데, 출입문이 다섯 개나 달려 있었지. 해마다 이 명절이 되면, 수많은 병자와 장애인이 연못에 몸을 담그려고 몰려들었어. 천사가 내려와 연못 물을 휘저은 뒤, 가장 먼저 들어간 사람은 어떤 병이든 낫게 된다고 믿었기 때문이야. 그렇게 불쌍한 사람들 가운데 무려 삼십팔 년 동안 병을 앓던 사람이 있었어. 그는 너무 아프고 기운이 없어서 한 번도 연못에 들어갈 수 없었다고 예수님에게 토로했어. 아무도 도와주는 이 없이 홀로 자리에 누워 있는 그를, 예수님은 안타까운 눈빛으로 바라보셨지. 그래서 그에게 말씀하셨어.

"네 자리를 들고 일어나 걸어가거라."

그러자 그는 벌떡 일어나 온전한 몸으로 그곳을 떠났어.

이 모습을 본 많은 유대인은 예수님을 더욱 미워하게 되었단다. 예수님에게 가르침을 받고 병까지 고친 사람들이 이젠 제사장들 말을 믿지 않으려 했거든. 제사장들은 여태 사람들을 속이며 거짓말을 일삼아 왔지. 그래서 그들은 예수님이 율법을 어기고 안식일에 사람들을 고쳤으며 스스로 하나님의 아들이라 일컫는다는 이유로, 예수님을 죽여야 한다고 수군거렸단다. 그들은 예수님에게 적대감을 품을 사람을 끌어모았고, 거리의 군중을 선동해 예수님을 해치려 했어.

하지만 사람들은 예수님을 더 따르기 시작했지. 예수님이 어디로 가시든지 따라가며, 그분을 찬양하고 가르침을 청하고 병을 고쳐 달라고 간절히 기도했어. 그들은 예수님이 언제나 선한 일만 하신다는 사실을 알았거든. 어느 날, 예수님이 제자들과 함께 디베랴 바다Sea of Tiberias(갈릴리 바다 혹은 게네사렛 호수라고도 부른다—옮긴이)를 건너가 언덕에 앉아 계셨단다. 그런데 아래쪽을 내려다보니, 가난한 사람들이 잔뜩 모여 있었어. 그 모습을 보고 예수님이 빌립에게 말씀하셨어.

"저 사람들을 먹일 빵을 어디서 살 수 있겠느냐? 다들 멀리서 걸어오느라 고단할 텐데, 배라도 채워야지 않겠느냐?"

빌립이 대답했어.

"주여, 저 많은 사람을 먹이려면 이백 데나리온어치의 빵으로도 부족할 것입니다. 그런데 저희는 가진 게 하나도 없습니다."

그때 시몬 베드로의 동생 안드레가 거들었어.

"우리가 가진 거라고는 한 소년이 가져온 보리빵 다섯 개와 물고기 두 마리뿐입니다. 이 많은 사람에게 이걸 나눠 준들 무슨 소용이 있겠습니까?"

그러자 예수님이 말씀하셨어.

"모두 자리에 앉게 하여라."

그곳은 풀밭이 넓게 펼쳐져 있어서 앉기에 좋았지. 사람들이 자리에 앉자, 예수님은 빵을 들고 하늘을 우러러보며 축복하신 후, 쪼개어 제자들에게 나눠 주셨어. 제자들은 그 빵을 사람들에게 나눠 주었어. 보리빵 다섯 개와 물고기 두 마리로 남자만 오천 명, 여자와 아이들까지 합치면 그보다 훨씬 더 많은 사람이 배불리 먹었단다. 다 먹고 남은 부스러기를 모으니 열두 광주리에 가득 찼어. 이 일은 예수 그리스도가 행하신 또 다른 기적이란다.

그 후에 예수님은 제자들을 먼저 배에 태워 바다를 건너가게 하셨단다. 사람들을 다 돌려보낸 뒤 뒤따라가겠다고 하셨지. 사람들이 모두 돌아간 뒤, 예수님은 홀로 남아 기도하셨어. 시간이 흘러 밤이 되었어. 제자들은 여전히 노를 저으며 예수님이 언제 오실지 궁금해하고 있었지. 밤이 점점 깊어지고 맞바람이 불며 파도가 높이 일기 시작할 즈음이었어. 제자들은 누군가가 물 위를 걸어 자기네 쪽으로 다가오는 것을 보았어. 마치 마른 땅을 걷듯, 예수님이 바다 위를 걸어오고 계셨던 거야. 그 모습을 보고 제자들이 겁에 질려 소리치자, 예수님이 말씀하셨어.

"나니, 두려워하지 마라!"

베드로가 용기를 내서 말했어.

"주님, 정말 주님이시라면 저더러 물 위로 걸어 주님께 오라 하십시오!"

예수님이 말씀하셨어.

"오너라!"

그러자 베드로가 물 위로 걸어 예수님에게 다가가기 시작했어. 그런데 거센 파도가 밀려오고 바람이 거칠게 불자 베드로는 겁이 덜컥 났지. 마음이 흔들린 탓에 베드로는 점점 가라앉기 시작했고, 자칫하면 그대로 빠졌을지도 몰라. 그 순간, 예수님이 그의 손을 잡아 배로 이끌어 올리셨어. 그러자 바람이 곧 잦아들었단다. 제자들이 서로 수군거리며 말했어.

"정말이다! 이분은 하나님의 아들이시다!"

그 후로도 예수님은 수많은 기적을 행하셨단다. 걷지 못하는 자를 걷게 하고, 말하지 못하는 자를 말하게 하며, 눈먼 자를 보게 하는 등 수많은 병자를 고쳐주셨어. 그러던 어느 날, 예수님은 지치고 굶주린 사람들에게 또다시 둘러싸이셨어. 그들과 사흘을 함께 지내신 뒤, 제자들이 가져온 보리빵 일곱 개와 물고기 몇 마리로 그들을 배불리 먹이셨어. 사천 명이나 되는 사람들이 배불리 먹고도, 남은 조각을 모으니 일곱 광주리에 가득 찼단다.

예수님은 이제 제자들을 몇 명씩 나누어 여러 마을과 고을로 보내셨단다. 그들에게 사람들을 가르치게 하고, 하나님의 이름으로 병자들을 고치는 능력도 주셨어. 이때부터 예수님은 제자들에게 아주 중요한 말씀을 들려주시기 시작했어. 앞으로 어떤 일이 일어날지 알고 계셨거든. 자신이 언젠가 예루살렘으로 돌아가 엄청난 고난을 겪고, 결국 죽음을 맞이하게 될 거라고 말씀하셨어. 그리고 죽은 지 사흘째 되는 날, 다시 살아나 하늘로 올라가서 하나님의 오른쪽에 앉아 죄인들을 용서해 달라고 하나님께 간구할 거라는 말씀도 하셨단다.

CHAPTER
6

6

보리빵과 물고기로 마지막 기적을 보이고 엿새째 되는 날, 예수 그리스도는 제자 중에 베드로와 야고보와 요한만 데리고 높다란 산에 올라가셨단다. 예수님이 세 제자에게 말씀하는 사이, 예수님의 얼굴이 갑자기 태양처럼 빛나기 시작했어. 입고 있던 흰옷도 반짝이는 은처럼 눈부시게 빛났지. 예수님은 마치 천사처럼 제자들 앞에 계셨어. 그와 동시에 환한 구름이 그들 위로 드리우더니 그 속에서 어떤 목소리가 울려 퍼졌어.

"이는 내가 사랑하고 기뻐하는 아들이다. 그의 말을 들어라!"

그 순간, 세 제자는 두려움에 떨면서 바닥에 엎드려 얼굴을 가렸지. 사람들은 이 일을 두고 '구세주의 변모'라고 부른단다.

예수님과 제자들이 산에서 내려와 다시 사람들 가운데 섰을 때, 한 남자가 예수님의 발 앞에 엎드려 말했어.

"주여, 제 아들을 불쌍히 여기소서. 아이는 정신이 온전치 못해 자신을 해치곤 합니다. 불에 뛰어들기도 하고 물에 빠지기도 해서 온몸에 흉터와 상처가 가득합니다. 주님의 제자들이 치료하려 했지만 고치지 못했습니다."

예수님은 곧바로 아이를 고쳐 주셨어. 그리고 제자들을 돌아보시며, 그들이 아이를 고치지 못한 건 자신을 향한 믿음이 기대만큼 깊지 않았기 때문이라고 말씀하셨어.

제자들이 예수님에게 여쭈었단다.

"주여, 천국에서는 누가 가장 훌륭한 자입니까?"

예수님은 한 어린아이를 불러서 품에 안아 그들 가운데 세우고 이렇게 말씀하셨어.

"이 아이와 같은 사람이다. 단언컨대, 어린아이처럼 자신을 낮추지 않으면 천국에 들어가지 못한다. 누구든지 어린아이를 내 이름으로 받아들이는 자는 곧 나를 받아들이는 것이다. 하지만 아이들 가운데 누구라도 해치는 자는 차라리 목에 맷돌을 매달고 깊은 바다에 뛰어드는 편이 나을 것이다. 천사는 모두 어린아이와 같다."

구세주는 그 아이를, 그리고 모든 아이를 사랑하셨어. 아니, 온 세상을 사랑하셨지. 세상 모든 사람을 예수님만큼 진실하고 온전히 사랑한 이는 없었단다.

베드로가 나서서 물었어.

"주여, 저를 해치는 자를 몇 번이나 용서해야 합니까? 일곱 번이면 됩니까?"

그러자 예수님이 대답하셨어.

"일곱 번을 일흔 번씩이라도, 아니 그 이상도 용서해야 한다. 네가 다른 사람을 용서하지 않으면서 어찌 하나님께서 네 잘못을 용서해 주시길 바라겠느냐?"

그리고 예수님은 제자들에게 다음과 같은 이야기를 들려주셨단다.

"한번은 어느 하인이 주인에게 엄청난 빚을 졌지만, 도저히 갚을 수 없었다. 몹시 화가 난 주인이 그 하인을 노예로 팔려고 했지. 그러자 하인은 무릎을 꿇고 눈물로 간절히 용서를 구했다. 주인은 그를 불쌍히 여겨 빚을 탕감해 주었다. 한편, 그 하인에게도 백 데나리온을 빚진 동료 하인이 있었다. 그는 자기 주인처럼 동료를 용서하기는커녕 돈을 갚지 않는다고 감옥에 가두었어. 이 이야기를 들은 주인은 하인을 불러 이렇게 말했어. '이 악한 종아, 나는 너를 용서했는데, 너는 어찌 동료를 용서하지 않았느냐?' 주인은 결국 그 하인을 몹시 비참한 상태로 내쫓았다."

예수님은 제자들에게 말씀하셨어.

"그러므로 너희가 남을 용서하지 않으면서 어찌 하나님께서 너희를 용서하시길 바라겠느냐?"

이 이야기는 우리가 외는 주기도문, 즉 "우리가 우리에게 죄지은 자를 사하여 준 것같이, 우리 죄를 사하여 주시옵고"라는 구절의 참된 의미를 알려 준단다.

예수님은 제자들에게 또 다른 이야기를 들려주셨어.

"포도원을 운영하는 농부가 있었는데, 한번은 아침 일찍

나가서 하루 품삯으로 한 데나리온을 주기로 하고 일꾼을 몇 명 고용했다. 시간이 조금 지나, 농부는 다시 나가서 같은 조건으로 일꾼을 몇 명 더 고용했다. 시간이 더 지나, 농부는 또다시 나가서 같은 조건으로 일꾼을 더 고용했고, 그 뒤로도 오후 늦게까지 몇 번이나 더 나가서 일꾼을 계속 고용했다. 해가 떨어져 품삯을 나눠 줄 때가 되었다. 아침부터 일한 일꾼들은 오후 늦게야 일을 시작한 사람들도 똑같이 받자, 공평하지 않다면서 불만을 터뜨렸다. 그러자 주인이 말했다. '이보게, 나는 자네에게 한 데나리온을 주기로 약속했네. 내가 다른 사람에게 같은 액수를 준다고 해서 자네가 받을 몫이 줄어들지는 않았잖은가?'"

평생토록 선하게 살아온 사람은 죽어서 천국에 가게 될 거야. 하지만 어렸을 때 부모나 친구의 보살핌을 받지 못해 잘못된 길로 빠졌던 사람이라도, 삶의 끝자락에서 진심으로 뉘우치고 하나님께 용서를 구한다면, 역시나 용서를 받고 천국에 가게 될 거야. 예수님은 제자들에게 바로 이런 점을 가르쳐 주고 싶으셨던 거지. 예수님은 주로 이렇게 이야기를 통해서 가르치셨어. 사람들이 딱딱한 설교보다 이야기를 더 잘 받아들이고, 또 쉽게 기억할 수 있었기 때문이야. 이런 이야기를 '구세주의 비유'라고 부른단다. 이 말을 꼭 기억해 두렴. 앞으로 너희에게 이런 비유를 더 들려줄 테니까.

사람들은 예수님의 말씀에 귀를 기울였지만, 그분에 관한 생각은 저마다 달랐단다. 바리새인들과 유대인들 가운데 일부는 예수님을 헐뜯는 말을 퍼뜨렸고, 어떤 이들은 예수님에게 해를 입히거나 심지어 죽이고 싶어 하기도 했어. 하지만 예수님의 선하심과 위엄 있는 모습 때문에 아직은 감히 손대지 못했지. 겉모습은 가난한 사람처럼 소박하고 초라했지만, 그분에게선 범접할 수 없는 숭고함이 풍겨 나왔어. 그래서 사람들은 그 눈을 마주 보는 것조차 두려워했단다.

어느 날 아침, 예수님은 감람산이라는 곳에 앉아 사람들에게 가르침을 내리고 계셨어. 다들 조용히 귀를 기울이며 열심히 배우고 있었지. 그때 갑자기 시끄러운 소리가 들리더니, 바리새인들과 서기관이라 불리는 사람들이 소란스럽

게 달려왔어. 그들은 죄를 지은 한 여인을 끌고 와서는 큰
소리로 외쳤어.

"선생님, 이 여인을 보십시오. 율법에는 이런 여자를 돌로
쳐서 죽이라고 나와 있습니다. 그런데 선생님은 어떻게 하
실 겁니까? 어떻게 하실 거냐고요?"

예수님은 떠들썩한 무리를 찬찬히 바라보셨어. 그리고
그들이 왜 그런 질문을 던지는지 바로 간파하셨지. 율법이
잘못되었다고, 너무 잔인하다고 예수님 입으로 직접 말하
게 하려는 속셈이었지. 예수님이 그렇게 말씀하시기만 하
면, 그들은 그걸 핑계 삼아 예수님을 고발해 죽이려 했던 거
야. 예수님이 자기네 얼굴을 똑바로 바라보자, 그들은 당황
하고 두려웠지만 여전히 목소리를 낮추지 않았어.

"어서 말씀해 보세요, 선생님! 이 여인을 어떻게 하실 겁
니까?"

예수님은 몸을 굽히시더니 바닥의 모래에 대고 손가락으
로 무언가를 쓰셨어.

"너희 중 죄 없는 자가 먼저 이 여인에게 돌을 던져라."

사람들은 어깨 너머로 그 글귀를 바라보았고, 예수님이

그 말씀을 반복하시자 부끄러운 나머지 하나둘 자리를 떠났어. 시끄럽던 무리가 모두 사라지고, 그 자리엔 얼굴을 손으로 가린 여인과 예수님만 남았어.

예수님이 말씀하셨어.

"여인아, 너를 고발하던 자들은 어디 갔느냐? 아무도 너를 정죄하지 않았느냐?"

여인이 떨리는 목소리로 대답했어.

"예, 주님."

그러자 예수님이 다시 말씀하셨어.

"그렇다면 나도 너를 정죄하지 않겠다. 가거라. 그리고 다시는 죄를 짓지 말거라!"

CHAPTER

7

7

예수님이 사람들을 가르치면서 온갖 질문에 답하고 계실 때, 한 율법학자가 일어나서 말했단다.

"선생님, 제가 죽은 뒤에 다시 행복하게 살려면 어떻게 해야 합니까?"

예수님이 대답하셨어.

"모든 계명 가운데 첫째는 바로 이것이다. '우리 주 하나님은 한 분뿐이시다. 그러므로 네 마음을 다하고 목숨을 다하고 뜻을 다하고 힘을 다해 주 너의 하나님을 사랑하라.'

두 번째 계명도 이와 같으니, '네 이웃을 너 자신과 같이 사랑하라.' 이보다 더 큰 계명은 없다."

그러자 율법학자가 말했어.

"그렇다면 누가 제 이웃입니까? 제가 알아듣도록 말씀해 주십시오."

예수님은 다음과 같은 비유를 들어 주셨단다.

"옛날에 한 여행자가 여리고에서 예루살렘까지 가다가 강도를 만났다. 그는 옷을 빼앗기고 심하게 맞은 채 반쯤 죽은 상태로 길가에 버려졌다. 마침, 한 제사장이 그 길을 지나가다 불쌍하게 쓰러져 있는 남자를 보았다. 하지만 그는 모른 척하고 다른 쪽으로 지나가 버렸다. 또 레위 사람 하나도 그 길로 지나가다가 남자를 봤지만, 힐끔 쳐다보기만 하고 역시 그냥 지나가 버렸다. 그런데 그 길을 따라 걷던 한 사마리아인은 쓰러진 사람을 보자마자 가엾은 마음이 들었다. 그는 상처에 기름과 포도주를 발라 주고, 자신이 타고 왔던 짐승에 태워 여관으로 데려갔다. 다음 날 아침에는 주머니에서 두 데나리온을 꺼내 여관 주인에게 건네며 말했다. '이 사람을 잘 돌봐 주시오. 돈이 더 든다면 내가 돌아오는 길에 갚겠소.' 자, 이 세 사람 가운데 누가 강도에게 습격당한 남자의 이웃이라 할 수 있겠느냐?"

예수님의 질문에 율법학자가 대답했어.

"그에게 자비를 베푼 사람입니다."

예수님이 대답하셨어.

"그렇다, 그대도 가서 이렇게 행하라! 누구에게나 자비를 베풀어라. 모든 이가 그대의 이웃이요, 형제로다!"

예수님이 그들에게 이 비유를 들려주신 이유는, 하나님 앞에서 스스로 잘난 체하거나 의롭다 여기지 말고 언제나 겸손해야 한다는 점을 가르쳐 주시려던 거란다. 예수님은 이렇게 말씀하셨어.

"잔치나 결혼식에 초대받았을 때 상석에 앉으려 하지 마라. 너희보다 더 존경받는 사람이 와서 그 자리를 차지해야 할 수도 있다. 그러니 가장 낮은 자리에 앉아라. 너희가 마땅히 존중받을 사람이라면 더 좋은 자리가 제공될 것이다. 누구든지 자기를 높이는 자는 낮아질 것이고, 자기를 낮추는 자는 높아질 것이다."

예수님은 또 이런 비유도 들려주셨단다.

"어떤 사람이 성대한 만찬을 준비하고 여러 사람을 초대했다. 그는 저녁상이 다 차려지자, 하인에게 손님들을 모셔 오라고 일렀다. 하지만 사람들은 하나같이 핑계를 대며 오지 않았다. 어떤 사람은 땅을 한 필지 샀다며 그것을 살펴보러 가야 한다고 했고, 다른 사람은 큰 소를 다섯 쌍이나 샀다며 시험해 봐야 한다고 했다. 또 어떤 사람은 막 결혼해서 갈 수 없다고 했다. 이 소식을 들은 집주인은 몹시 화가 나서, 하인에게 골목과 큰길과 산울타리까지 다니면서 가난한 사람, 다리를 저는 사람, 불구가 된 사람, 눈먼 사람을 데려와 만찬 자리를 채우게 했다."

예수님이 이 비유로 전하고자 하신 바는, 자기 이익과 쾌락을 좇느라 너무 바빠 하나님을 저버리고 선을 행하려 하지 않는 사람들은 병들고 고통받는 이들만큼 하나님의 은혜를 받을 수 없다는 거란다.

예수님이 여리고라는 도시에 계실 때, 군중 사이로 예수님을 보려고 애쓰던 한 남자가 있었단다. 삭개오라는 이름의 이 남자는 키가 작아서 예수님을 볼 수 없자 나무 위로 올라갔어. 그는 신분이 미천한 데다 죄인 취급까지 받는 처지였지. 그런데 예수님은 그 나무 아래를 지나시다가 삭개오에게 그날 식사를 그의 집에서 하겠노라고 하셨어. 오만한 바리새인들과 서기관들이 이 말을 듣고 자기들끼리 수군거렸어.

"예수가 죄인들과 어울려 식사하겠대!"

그러자 예수님은 그들에게 이런 이야기를 들려주셨어. 흔히 '탕자의 비유'라고 불리는 이야기란다.

"어떤 남자에게 두 아들이 있었다. 하루는 작은아들이 이렇게 말했다. '아버지, 아버지 재산 가운데 제 몫을 주셔서, 그것으로 제가 당장 하고 싶은 일을 하게 해 주십시오.' 아버지가 그 청을 들어주자, 작은아들은 돈을 들고 멀리 가서 금세 흥청망청 다 써 버렸다.

돈이 다 떨어졌을 무렵, 그 나라 전역에 큰 기근과 어려움이 닥쳤다. 땅에선 곡식도 풀도, 아무것도 자라지 않았고, 사람들은 먹을 빵조차 없었다. 탕자는 몹시 굶주리고 괴로워서 돼지 치는 일을 하는 하인으로 들어갔다. 그는 돼지들이 먹는 거친 옥수수 껍질이라도 먹으면 좋겠다고 생각했지만, 그마저도 주인이 허락하지 않았다. 이렇게 괴로운 상황에서 그는 생각했다. '아버지 집에는 먹을 게 넉넉한 하인들이 얼마나 많은데, 나는 여기서 굶어 죽겠구나! 일어나 아버지에게 가서 이렇게 말씀드려야겠다. 아버지, 제가 하늘의 뜻을 거역하고 아버지 앞에 죄를 지었습니다. 이제는 아들이라 불릴 자격도 없습니다!'

그래서 그는 커다란 고통과 슬픔에 잠긴 채 아버지 집을 향해 다시 길을 떠났다. 한참 떨어진 거리였지만 아버지는 아들을 알아보았다. 남루한 옷차림과 지친 모습 속에서도, 그가 아들이라는 사실을 단번에 알아보았다. 그는 달려가 아들을 끌어안고 울먹이며 입을 맞추었다. 그리고 하인들더러 참회하는 아들에게 가장 좋은 옷을 입히고, 아들의 귀향을 축하할 성대한 잔치를 준비하라고 일렀다. 하인들이 실제로 그렇게 하자 다들 무척 즐거워했다.

때마침 들에 나가 있느라 동생의 귀향을 모르던 큰아들이 집에 왔다. 큰아들은 흥겨운 소리가 들리자, 하인을 불러 무슨 일이냐고 물었다. 동생이 돌아와서 아버지가 크게 기뻐한다는 소식을 하인에게 듣자, 큰아들은 화가 나서 집에 들어가지 않으려 했다. 그 이야기를 들은 아버지가 나와 큰 아들을 나무랐다.

그러자 큰아들은 아버지에게 따지듯 말했다. '아버지, 동생이 돌아왔다고 이렇게 기뻐하고 잔치까지 여시다니, 정말 불공평합니다. 여러 해 동안 저는 줄곧 아버지 곁을 지키며 충실히 살아왔지만, 저를 위해선 한 번도 잔치를 열어 주지 않으셨잖아요. 그런데 아버지 재산을 함부로 축내고 방탕하게 지낸 동생이 돌아왔다고 온 집안이 떠들썩하게 기뻐하고 있으니, 도무지 이해하기 어렵습니다.' 그러자 아버지는 이렇게 대답했다. '아들아, 너는 언제나 내 곁에 있었고, 내가 가진 모든 게 네 것이 아니더냐? 하지만 네 동생은 죽은 줄만 알았는데, 이렇게 살아 돌아왔다. 잃어버렸다가 되찾았단 말이다. 그러니 이렇게 기쁘고 즐거워하는 게 어찌 당연하지 않겠느냐?'"

이 비유를 통해 예수님이 전하고자 하신 뜻은, 비록 잘못을 저지르고 하나님을 저버렸던 사람일지라도 진심으로 죄를 뉘우치고 하나님께 돌아오기만 하면 언제든 환영받고 하나님의 자비를 받게 된다는 거란다.

그런데 바리새인들은 예수님의 가르침을 비웃으며 들으려 하지 않았단다. 부유하고 탐욕스러운 데다 자신들이 세상 누구보다 우월하다고 여겼거든. 그래서 예수님은 그들에게 경고하려고 '부자와 나사로'의 비유를 들려주셨어.

"어느 부자가 날마다 자주색 옷과 고운 아마포를 두르고 무척 호화롭게 살았다. 그 집 대문 앞에는 나사로라는 이름의 거지가 누워 있었다. 나사로는 온몸에 종기가 퍼져 있었고, 부자의 식탁에서 떨어지는 부스러기라도 얻어먹었으면 했다. 하지만 아무도 그를 거들떠보지 않았고 그저 개들만 와서 그의 상처를 핥아 주었다.

그러던 어느 날 거지 나사로가 죽자, 천사들이 그를 데려가 아브라함의 품에 안겨 주었다. (아브라함은 오래전에 살았던 선한 사람으로, 지금은 하늘나라에 있단다.) 한편, 부자도 결국 죽어서 땅에 묻혔다. 지옥에 떨어진 부자는 고통에 몸부림치다가 눈을 들어 멀리 아브라함과 나사로를 보았다. 부자가 울먹이며 소리쳤다. '아브라함 아버지여, 저를 불쌍히 여기시고 나사로를 보내 손끝에 물을 적셔 제 혀를 식혀 주십시오. 이 불길 속에서 너무 괴롭습니다.' 아브라함이 대답했다. '아들아, 너는 살면서 온갖 좋은 것을 누렸지만 나사로는 온갖 고통을 겪었다는 사실을 기억해라. 이젠 반대로, 그는 위로를 받고 너는 고통을 겪는 것이다!'"

예수님은 바리새인들의 교만함을 꾸짖고자 이런 비유도 들려주셨단다.

"두 사람이 기도하러 성전에 올라갔다. 한 사람은 바리새인이었고 다른 사람은 세리, 즉 세금 징수원이었다. 바리새인은 이렇게 말했다. '하나님, 저는 남들처럼 불의하지도 않고 이 세리처럼 악하지도 않다는 점에 감사드립니다!' 하지만 세리는 멀찍이 서서 감히 하늘을 쳐다보지도 못한 채 가슴을 치며 이렇게 말했다. '하나님, 죄인인 저에게 자비를 베풀어 주십시오!'"

예수님은 바리새인들에게 이렇게 말씀하셨지. "하나님께서는 오히려 이 겸손한 세리의 기도를 더 기쁘게 받으시고 그에게 자비를 베푸실 것이다. 그가 낮은 마음으로 간절히 기도했기 때문이다."

바리새인들은 이러한 가르침에 몹시 분노하여 예수님을 함정에 빠뜨리려는 계략을 꾸몄단다. 그들은 첩자를 몇 명

보내, 예수님에게 질문을 던지게 했어. 예수님이 율법에 어긋나는 말을 하도록 유도하려는 속셈이었지. 당시 그 나라 황제는 '카이사르'라고 불렸어. 그는 백성에게 정기적으로 세금을 내도록 명하고, 이에 이러쿵저러쿵 반대하는 자를 가혹하게 처벌했지. 첩자들은 예수님에게 그 세금이 부당하다는 말을 유도하여, 황제의 노여움을 사게 하기로 계획했어. 그래서 겉으론 겸손한 척하면서 예수님에게 다가와 물었단다.

"선생님은 하나님 말씀을 바르게 전하시고, 사람을 지위나 재산으로 차별하지도 않습니다. 그러니 우리에게 알려 주십시오. 카이사르에게 세금을 바치는 것이 율법에 맞는 일입니까?"

예수님은 그들의 속셈을 이미 알았기에 이렇게 대답하셨단다.

"어찌하여 나를 시험하느냐? 데나리온 한 닢을 내게 보여다오."

그들이 동전을 내밀자 예수님이 물으셨어.

"이 동전에 새겨진 형상과 이름이 누구의 것이냐?"

그들이 대답했어.

"카이사르의 것입니다."

그러자 예수님은 이렇게 말씀하셨어.

"그렇다면 카이사르의 것은 카이사르에게 돌려주어라."

그들은 결국 예수님을 함정에 빠뜨리지 못한 채, 몹시 분노하고 실망하면서 물러갔단다. 하지만 예수님은 그들의 속내를 모두 꿰뚫고 계셨어. 아울러 다른 이들 역시 자신을 해치려는 음모를 꾸미고 있으며, 자신이 곧 죽임당할 운명이라는 사실도 모두 알고 계셨단다.

예수님이 사람들을 이렇게 가르치시는 곳 근처에 헌금함이 하나 놓여 있었단다. 지나가던 사람들이 가난한 이들을 돕기 위해 그 헌금함에 돈을 넣곤 했지. 예수님이 거기 앉아 계시는 동안 많은 부자가 지나가며 헌금함에 큰돈을 넣었어. 그런데 마지막으로, 한 가난한 과부가 다가와 각각 한 고드란트의 절반 값에 불과한 동전 두 닢을 살며시 넣고는 조용히 자리를 떴단다. 예수님은 그 모습을 지켜보시고 자리를 뜨기 전에 제자들을 불러 말씀하셨어.

"오늘, 이 가난한 과부는 누구보다 더 참된 자선을 베풀었다. 부자들은 남아도는 것 가운데 일부를 내놓았지만, 이 여인은 몹시 가난한데도 끼니를 해결할 수도 있었던 두 닢을 아낌없이 내놓았다."

그러니 우리도 자선을 베풀고 있다고 생각할 때마다 이 가난한 과부가 한 일을 잊지 말도록 하자꾸나.

CHAPTER

8

8

베다니에 나사로라는 사람이 살았는데, 그는 병이 깊어 위독한 상태였단다. 앞서 예수님에게 향유를 부어드리고 자기 머리카락으로 예수님의 발을 닦아드렸던 마리아의 오라비였어. 마리아와 언니 마르다는 나사로의 병세가 깊어지자, 예수님에게 사람을 보내 이렇게 전했어.

"주님이 사랑하시는 나사로가 중한 병에 걸려 죽을 지경입니다."

예수님은 그 전갈을 받고도 이틀 동안 움직이지 않으셨

어. 그러다 마침내 제자들에게 말씀하셨지.

"나사로가 죽었다. 이제 베다니로 가자."

예루살렘에서 멀지 않은 그곳에 도착했을 때, 예수님 말씀대로 나사로는 이미 숨을 거두었고, 무덤에 묻힌 지 나흘이나 지난 뒤였어.

나사로의 죽음을 애도하러 온 사람들 속에 있던 마르다는, 예수님이 오신다는 소식에 벌떡 일어났어. 그리고 울먹이는 마리아를 집에 둔 채 예수님을 맞으러 달려갔어. 마르다는 예수님을 보자 눈물을 터뜨리며 말했어.

"오, 주여! 주님이 여기 계셨더라면 제 오라비는 죽지 않았을 거예요."

예수님은 이렇게 대답하셨어.

"네 오라비는 다시 살아날 것이다."

그러자 마르다가 말했어.

"주여, 알고 있습니다. 마지막 날 부활 때에 제 오라비가 다시 살아날 것을 믿고 있습니다."

예수님이 마르다에게 다시 말씀하셨어.

"나는 부활이요, 생명이다. 네가 이것을 믿느냐?"

"예, 주님."

마르다는 이렇게 대답한 뒤, 곧장 마리아에게 달려가 예수님이 오셨다고 알렸어. 그 말을 들은 마리아가 급히 밖으로 달려 나갔고, 함께 슬퍼하던 사람들도 따라나섰어. 마리아는 예수님이 계신 곳에 이르자 그 발 앞에 엎드려 슬피 울었고, 뒤따라온 사람들도 모두 울었어. 예수님은 그들의 깊은 슬픔을 보고 가슴이 미어졌고, 마침내 눈물을 흘리며 조용히 말씀하셨어.

"나사로를 어디에 눕혔느냐?"

사람들이 대답했어.

"주여, 와서 보십시오!"

나사로는 동굴에 묻혀 있었고, 동굴 입구는 큰 돌로 막혀 있었단다. 사람들과 함께 무덤에 도착한 예수님은 그 돌을 굴려 치우라고 명하셨어. 사람들이 그대로 따르자, 예수님은 눈을 들어 하나님께 감사드린 후, 엄숙하고 우렁찬 목소리로 말씀하셨어.

"나사로야, 밖으로 나오너라!"

그러자 죽었던 나사로가 다시 살아나 사람들 앞으로 걸

어 나왔어. 그는 누이들과 함께 집으로 돌아갔단다. 이 놀랍고도 감동적인 장면을 본 사람들 가운데 다수는 예수님이 정말로 하나님의 아들이며, 인류를 가르치고 구원하러 오셨다는 사실을 믿게 되었지. 하지만 일부는 이 일을 바리새인들에게 달려가 알렸어. 그날 이후 바리새인들은 예수님을 믿는 사람이 더 늘지 않도록 아예 없애기로 결심했어. 유월절이 다가오자, 바리새인들은 성전에 모여 예수님이 예루살렘에 들어오기만 하면 곧장 붙잡기로 모의했지.

예수님이 나사로를 죽은 자 가운데서 살리신 날은 유월절 엿새 전이었단다. 그날 밤 나사로를 포함한 사람들이 함께 둘러앉아 저녁을 먹고 있을 때, 마리아가 조용히 일어나 매우 귀하고 값비싼 향유인 '감송향'을 한 근 가져와 예수님의 발에 부었어. 그리고 다시 자기 머리카락으로 그 발을 정성스레 닦아드렸어. 그러자 집 안 가득 향유의 그윽한 향기가 퍼졌어. 그 모습을 본 제자 중 하나인 가룟 유다가 일부러 화난 척하면서, 그 향유를 삼백 데나리온에 팔아 가난한 이들에게 나눠 주는 편이 더 나았을 거라고 말했어. 하지만 진심은 그게 아니었어. 당시 유다는 돈주머니를 맡고 있었는데, 다른 제자들 몰래 거기서 돈을 훔치곤 했었거든. 그는 더 많은 돈을 손에 넣고 싶어, 그때부터 예수님을 대제사장들에게 넘길 음모를 꾸미기 시작했지.

유월절 축제가 가까워지자, 예수님은 제자들과 함께 예루살렘을 향해 길을 나섰단다. 근처에 이르렀을 때, 예수님은 한 마을을 가리키며 두 제자에게 말씀하셨어. 그 마을로 가면 나귀와 나귀 새끼가 한 마리씩 나무에 매여 있을 테니, 풀어서 데려오라는 거였지. 제자들이 마을에 가 보니, 과연 예수님이 말씀하신 그대로였어. 그들이 나귀와 나귀 새끼를 데려오자, 예수님은 그 나귀에 올라타고 예루살렘으로 들어가셨단다. 예수님이 길을 지나가시자 엄청난 인파가 예수님 주위로 몰려들었어. 사람들은 겉옷을 벗어 길바닥에 깔고, 나뭇가지를 꺾어다가 길 위에 펼쳐 놓으며 한목소리로 외쳤어.

"호산나! 다윗의 자손이여!" (다윗은 이스라엘의 위대한 왕이었단다.)

"주의 이름으로 오시는 이여! 찬송을 받으소서! 이분은 나사렛에서 오신 예언자, 예수님이시다!"

예수님은 성전에 들어가자, 그곳에 불법으로 자리를 차지하고 있던 환전상들과 장사꾼들의 매대를 뒤엎으면서 말씀하셨어.

"내 아버지의 집은 기도하는 곳이다! 그런데 너희는 이곳을 강도 소굴로 만들었구나!"

성전 안에 있던 사람들과 아이들이 서로 질세라 목청껏 외쳤어.

"이분은 나사렛에서 오신 예언자 예수님이시다!"

눈먼 자들과 다리를 저는 자들이 우르르 예수님에게 몰려들었고, 그분의 손길로 치유를 받았어. 이 모든 광경을 지켜본 대제사장들과 서기관들, 바리새인들은 두려움과 증오로 부글부글 끓었어. 하지만 예수님은 개의치 않고 계속해서 병자들을 고치고 선을 행하셨지. 그런 다음, 예루살렘 성벽 밖에 있는 베다니로 가서 머무셨어.

그곳에 머물던 어느 날 밤, 예수님은 제자들과 함께 저녁 식사를 하다가 자리에서 일어나셨어. 그리고 수건과 물 대야를 가져와 제자들의 발을 씻기기 시작하셨어. 제자 중에 시몬 베드로는 예수님이 자기 발을 씻으려 하시자 깜짝 놀라며 극구 말렸단다. 하지만 예수님은 이렇게 말씀하셨어.

"내가 너희 발을 씻어 주는 것은, 너희가 이 일을 마음에 새겨서 서로 친절하고 온유하게 대하며, 교만하거나 미워하지 않기를 바라기 때문이다."

예수님은 이내 슬픔에 잠겨서 제자들을 둘러보며 말씀하셨어.

"여기 있는 사람 중 하나가 나를 배반할 것이다."

제자들은 깜짝 놀라서 차례로 소리쳤어.

"주여, 제가 그 사람입니까?"

하지만 예수님은 그저 이렇게 대답하셨어.

"나와 함께 음식을 나누는 열두 사람 중 하나이다."

그때 예수님이 사랑하시던 제자 하나가 마침 그분의 가슴에 기대어 말씀을 듣고 있었어. 시몬 베드로가 그에게 눈짓으로 누가 그런 일을 하려는 사람인지 여쭤보라고 했어. 예수님은 이렇게 대답하셨어.

"내가 빵 조각을 적셔서 건네는 자가 바로 그 사람이다."

그리고 예수님은 빵 조각을 적신 후, 가룟 유다에게 건네며 말씀하셨어.

"네가 하려는 일을 어서 하거라."

다른 제자들은 그 말뜻을 이해하지 못했지만, 유다는 예수님이 자신의 악한 속내를 눈치채셨다는 사실을 알았어.

유다는 빵 조각을 받고 얼른 자리를 떴어. 그리고 밤중인데도 곧장 대제사장에게로 가서 말했어.

"그분을 넘겨주면 나한테 무엇을 주실 겁니까?"

그들이 은 삼십 냥을 주겠다고 약속하자, 유다는 결국 은 삼십 냥에 자신의 주님이자 스승인 예수 그리스도를 그들 손에 넘기기로 마음먹었단다.

CHAPTER

9

9

유월절이 코앞으로 다가오자, 예수님은 제자들 가운데 베드로와 요한에게 말씀하셨단다.

"예루살렘 성에 들어가면 물동이를 들고 가는 한 남자를 만나게 될 것이다. 그의 집까지 따라가서, '스승님이 제자들과 함께 유월절 음식을 드실 객실이 어디 있느냐?'라고 물어봐라. 그러면 가구가 잘 갖춰진 널따란 다락방을 그가 보여줄 것이다. 그곳에 저녁 만찬을 준비하거라."

두 제자가 성에 들어갔더니, 정말로 예수님이 말씀하신

대로 일이 흘러갔단다. 그들은 실제로 물동이를 든 남자를 만나 그의 집까지 따라갔고, 그에게 안내받은 다락방에 만찬을 준비했지. 정해진 시간이 되자 예수님과 나머지 제자들이 도착했고, 다 함께 자리에 앉아 유월절 음식을 나누었어. 이를 '최후의 만찬'이라고 부르는데, 예수님이 제자들과 함께 먹고 마신 마지막 식사였기 때문이란다.

예수님은 식탁에 있던 빵을 들어 감사 기도를 드리신 후, 떼어 제자들에게 나눠 주셨어. 그리고 포도주가 담긴 잔도 들어 축복하고 한 모금 드신 다음, 제자들에게 건네며 말씀하셨어.

"이것을 행하여 나를 기억하라!"

식사가 끝난 뒤, 그들은 함께 찬송을 부르고 감람산으로 올라갔단다.

그 자리에서 예수님은 그날 밤 자신이 붙잡히게 될 것이며, 제자들이 모두 자신을 버리고 흩어져 각자의 목숨만 챙기게 될 거라고 말씀하셨어. 그러자 베드로가 단호하게 자신은 절대로 그러지 않겠다고 말했어. 예수님은 이렇게 대답하셨지.

"오늘 밤 닭이 울기 전에 네가 나를 세 번 모른다고 할 것이다."

하지만 베드로는 거듭 항변했어.

"아닙니다, 주님! 저는 주님과 함께 죽는 한이 있어도 결코 주님을 부인하지 않겠습니다."

그러자 다른 제자들도 모두 똑같이 말했단다.

예수님은 제자들을 이끌고 기드론 개울을 건너 겟세마네라 불리는 동산으로 올라가셨어. 그리고 제자 셋을 데리고 동산의 한적한 곳으로 걸어가셨어. 그곳에서 예수님은 그들을 다른 제자들처럼 남겨 두며 말씀하셨어.

"여기 머물며 깨어 있어라!"

그런 다음 그들과 멀찍이 떨어져서 홀로 기도하셨어. 그 사이 제자들은 너무 지친 나머지 잠이 들었어.

예수님은 동산에서 기도할 때 크나큰 슬픔과 괴로움에 잠기셨단다. 자신을 죽이려는 예루살렘 사람들의 악함과 그로 인해 닥칠 일을 아셨기 때문이지. 예수님은 하나님 앞에서 눈물을 흘리며 참으로 격렬한 고통을 느끼셨어.

기도를 마치고 마음을 가라앉힌 뒤, 예수님은 제자들에

게 돌아와 말씀하셨어.

"일어나라! 함께 가자! 나를 배반할 자가 가까이 왔다!"

한편, 가룟 유다는 겟세마네 동산을 잘 알고 있었단다. 예수님이 제자들과 함께 자주 그곳을 거니셨거든. 예수님이 '나를 배반할 자가 가까이 왔다!'라고 말씀하신 바로 그 순간, 유다가 도착했어. 그는 대제사장들과 바리새인들이 보낸 병사들과 관리들을 데리고 왔지. 날이 어두운지라 그들은 등불과 횃불을 들고 있었어. 혹시 사람들이 예수님을 지키려고 덤빌까 봐 칼과 몽둥이로 무장까지 하고 있었단다. 바로 이런 이유로, 그들은 예수님이 낮에 성전에서 사람들을 가르치실 때는 감히 붙잡지 못했던 거야.

이 무리를 이끄는 자들은 예수님을 직접 뵌 적이 없어서 다른 제자들과 구별하지 못했어. 그래서 가룟 유다는 그들에게 이렇게 말했어.

"내가 입 맞추는 자가 바로 그분입니다."

유다가 앞으로 나아가 사악한 입맞춤을 하려는 순간, 예수님이 병사들에게 말씀하셨어.

"누구를 찾느냐?"

그들이 대답했어.

"나사렛 예수를 찾는다."

그러자 예수님이 대답하셨어.

"그렇다면 내가 그 사람이다. 제자들은 그냥 가게 하여라. 내가 그 사람이니까."

그 말에 맞춰 유다가 다가와 예수님에게 입을 맞추며 말했어.

"안녕하십니까, 스승님!"

예수님이 유다를 바라보면서 말씀하셨어.

"유다야, 네가 입맞춤으로 나를 팔아넘기는구나!"

그 순간 병사들이 달려 나와 예수님을 붙잡으려 했어. 누구 하나 예수님을 지키려고 나서지 않았지만, 베드로만은 달랐단다. 베드로는 차고 있던 칼을 뽑아 대제사장의 하인 가운데 말고라는 자의 오른쪽 귀를 잘라 버렸어. 하지만 예수님은 베드로에게 칼을 칼집에 도로 넣으라고 하신 뒤 순순히 붙잡히셨어. 다음 순간, 제자들은 모두 예수님을 놔두고 달아나 버렸어. 예수님 곁에 남은 이는 한 사람도, 정말 단 한 사람도 없었단다.

10

잠시 후 베드로와 또 다른 제자 하나가 용기를 내어, 예수님이 끌려가신 대제사장 가야바의 집까지 몰래 따라갔단다. 그곳엔 서기관들을 포함한 여러 사람이 예수님을 심문하려고 기다리고 있었어. 베드로는 문밖에 서 있었지만, 대제사장과 아는 사이였던 다른 제자는 안으로 들어갔지. 그런데 곧 다시 나와, 문을 지키던 여자에게 베드로도 들여보내 달라고 부탁했어. 여자가 베드로를 쳐다보며 말했어.

"당신은 제자들 가운데 하나가 아니오?"

베드로가 대답했어.

"나는 아니오."

여자가 들여보내 주자, 베드로는 그곳에 모여 있던 하인들과 경비병들 틈에 끼어 불을 쬐며 몸을 녹였어. 날이 몹시 추웠거든.

불을 쬐던 사람 중에 몇 명이 베드로에게 문지기 여자와 똑같은 질문을 했어.

"당신도 제자들 가운데 하나가 아니오?"

베드로는 이번에도 부인했어.

"나는 아니오."

그때, 베드로가 칼로 귀를 잘랐던 하인과 친척 되는 사람이 나서서 말했어.

"그자와 함께 동산에 있던 당신을 내가 분명히 보았소."

베드로는 맹세까지 하며 다시 부인했어.

"나는 결단코 그 사람을 모른단 말이오."

바로 그 순간 닭이 울었고, 예수님이 몸을 돌려 베드로를 한참 바라보셨지. 그제야 베드로는 닭이 울기 전에 자신을 세 번 부인할 거라던 예수님의 말씀을 떠올렸어. 결국 베드로는 밖으로 뛰쳐나가 비통하게 울었단다.

온갖 질문이 쏟아지는 가운데, 대제사장은 예수님에게 군중을 상대로 무엇을 가르쳤느냐고 물었어. 그러자 예수님은 이렇게 대답하셨어.

"나는 늘 밝은 대낮에 툭 터진 거리에서 사람들을 가르쳤다. 그러니 내가 무슨 말을 했는지는 그들에게 물어보라."

그곳에 있던 한 관리가 그 대답을 무례하다고 여기고 예수님의 뺨을 때렸어. 다음 순간 두 사람의 거짓 증인이 나타나, 예수님이 하나님의 성전을 헐고 사흘 만에 다시 세울 수 있다고 떠벌렸다고 주장했어. 예수님은 이에 대해 별다른 말씀을 하지 않으셨어. 그러자 서기관들과 제사장들은 예수님이 신성모독을 저질렀다며, 죽여야 한다고 뜻을 모았어. 그러고는 예수님에게 침을 뱉으며 마구 때렸단다.

가룟 유다는 스승이 진짜로 유죄 판결을 받게 되자, 자신이 저지른 짓에 엄청난 공포를 느꼈어. 그래서 은화 삼십 냥을 다시 대제사장에게 돌려주며 소리쳤어.

"내가 죄 없는 이의 피를 팔아넘겼습니다! 이 돈은 가질 수 없습니다!"

그러고는 돈을 바닥에 내던지고, 절망에 사로잡힌 채 미친 듯이 달아나 스스로 목을 맸단다. 그런데 밧줄이 약해서 유다의 몸무게를 견디지 못하고 끊어지는 바람에, 그의 몸은 땅에 떨어져 터진 채 발견되었어. 참으로 끔찍한 광경이었단다. 대제사장들은 그 은화 삼십 냥을 어떻게 할지 몰라, 결국 '토기장이의 밭'을 사서 나그네들의 무덤터로 활용했지. 그날 이후로 사람들은 그곳을 '피밭'이라고 불렀단다.

그 뒤, 예수님은 로마 총독 본디오 빌라도가 재판을 집행하던 법정으로 끌려가셨어. 빌라도는 유대인이 아닌지라 예수님에게 이렇게 물었어.

"당신네 민족인 유대인들과 대제사장들이 당신을 나한테 넘겼다. 도대체 무슨 짓을 저질렀느냐?"

하지만 빌라도는 예수님한테 아무런 죄도 찾을 수 없었고, 밖으로 나가 유대인들에게 그렇게 말했어. 그러자 유대인들은 이렇게 반박했지.

"그는 거짓된 가르침으로 사람들을 미혹했습니다. 그것도 아주 오래전, 갈릴리에서부터 그렇게 해 왔습니다."

갈릴리 지역에서 벌어진 일은 헤롯의 관할이므로, 빌라

도는 이렇게 말했어.

"나는 이 사람에게서 아무런 죄도 찾지 못했다. 그러니 헤롯에게 데려가라!"

그들이 예수님을 헤롯 앞으로 데려갔을 때, 헤롯은 무장한 병사들과 호위병들에 둘러싸인 채 앉아 있었어. 그들은 모두 예수님을 비웃고 조롱했어. 그리고 예수님에게 화려한 옷을 입혀 놀림감으로 삼고는 도로 빌라도에게 돌려보냈단다. 빌라도는 제사장들과 사람들을 다시 불러 모아 이렇게 말했어.

"나는 이 사람에게서 아무런 죄도 찾지 못했다. 헤롯도 마찬가지다. 그는 죽어 마땅한 죄를 짓지 않았다."

하지만 사람들은 한목소리로 외쳤어.

"그는 죄를 지었습니다! 죄를 지었다고요! 당장 죽여야 합니다!"

예수님을 향해 그토록 격렬하게 외쳐 대는 소리에 빌라도는 마음이 몹시 불편했어. 그의 아내도 밤새 예수님에 관한 꿈으로 뒤숭숭했던지라, 재판석에 앉은 남편에게 전갈을 보냈어.

"그 의로운 사람에게 아무 짓도 하지 마세요!"

유월절이 되면 죄수를 한 명 풀어주는 관습이 있었기에, 빌라도는 사람들을 설득해 예수님을 놓아주려 했어. 하지만 무지한 사람들은 제사장들의 사주를 받아 격앙된 상태로 외쳤단다.

"안 됩니다, 안 됩니다. 그를 풀어주면 안 됩니다. 차라리 바라바를 풀어주고, 이 사람은 십자가에 못 박으십시오!"

바라바는 악한 죄인이었고 여러 범죄로 감옥에 갇혀 있었으며 곧 사형당할 처지였어. 빌라도는 너무나 완강한 사람들을 보고 결국 예수님을 병사들에게 넘겨주었어. 병사들은 예수님을 채찍질하고 가시로 엮은 관을 머리에 씌웠지. 그리고 자주색 옷을 입힌 후, 침을 뱉고 손바닥으로 때리며 마음껏 비웃었어. 그들은 예수님이 예루살렘에 들어오실 때 '다윗의 자손'이라 불리며 환영받던 일을 기억하고 이렇게 조롱했어.

"유대인의 왕 만세!"

그들은 그 밖에도 온갖 잔인한 방식으로 예수님을 괴롭혔어. 하지만 예수님은 모든 고난을 묵묵히 견디며 이렇게 기도하셨지.

"아버지, 저들을 용서하소서! 저들은 자기들이 무슨 짓을 하는지 모릅니다!"

빌라도는 자주색 옷차림에 가시관을 쓴 예수님을 다시 군중 앞에 데리고 나와 외쳤어.

"이 사람을 보라!"

그러자 군중이 분노에 찬 목소리로 외쳤어.

"그를 십자가에 못 박으시오! 십자가에 못 박으시오!"

대제사장들과 장교들도 똑같이 소리쳤어. 그러자 빌라도가 말했어.

"당신들이 데려다가 직접 십자가에 못 박아라. 나는 이 사람한테 아무런 죄도 찾지 못했다."

하지만 사람들은 조금도 물러서지 않고 외쳤어.

"그는 자신을 하나님의 아들이라 일컬었습니다! 이는 유대 율법에 따라 죽어 마땅한 죄입니다! 그는 또 자신을 유대인의 왕이라 일컬었습니다! 이는 로마법을 어긴 것입니다. 우리에겐 로마 황제 카이사르 외에는 왕이 없습니다! 그 사람을 풀어준다면, 총독은 카이사르의 친구가 아닙니다! 그를 십자가에 못 박으시오! 십자가에 못 박으시오!"

빌라도는 도저히 그들을 설득할 수 없다는 사실을 깨달았어. 결국 물을 가져오게 하더니, 군중 앞에서 손을 씻으며 선언했단다.

"나는 이 의로운 사람의 피에 책임이 없다."

그런 다음 빌라도는 예수님을 그들에게 넘겨주었어. 그러자 사람들이 함성을 지르며 순식간에 달려들었지. 그들은 예수님을 에워싸고 조롱하고 짓밟으며 끌고 갔어. 그러는 와중에도 예수님은 묵묵히 그들을 위해 하나님께 기도하셨단다.

11

"그를 십자가에 못 박으시오!"라던 군중의 외침이 어떤 의미였는지 알려 주려면, 먼저 당시 풍습을 설명해야겠구나. 참 잔혹한 시대였지. 그때는 사형을 집행할 때 사람을 커다란 나무 십자가에 못 박아 죽이는 것이 관례였단다. 십자가는 땅에 곧게 세워졌고, 사람은 그 위에 매달린 채 뜨거운 햇볕과 거센 바람을 온몸으로 맞으며, 고통과 갈증 속에서 죽을 때까지 그대로 버려졌어. 게다가 수치와 고통을 더하기 위해, 형장으로 끌려가는 동안에는 자신이 달릴 십자가의 가로장을 지고 가게 하는 풍습도 있었단다.

우리의 복되신 구세주 예수 그리스도는, 가장 비천하고 사악한 죄인처럼 어깨에 십자가를 지고, 자신을 핍박하는 무리에 둘러싸인 채 예루살렘 성을 나섰단다. 그리고 히브리어로 '골고다'라 불리는 곳, 즉 '해골의 장소라는 뜻을 지닌 갈보리산 언덕으로 향하셨지. 그 언덕에 이르자, 병사들은 예수님의 손과 발을 잔혹하게 못질하여 십자가에 매달았단다. 예수님의 좌우에는 각각 강도가 십자가에 매달려서 고통 속에 신음하고 있었어. 그리고 예수님의 머리 위에는 히브리어, 그리스어, 라틴어로 이렇게 적힌 명패가 붙어있었어.

"유대인의 왕, 나사렛 예수."

예수님이 고통을 겪고 계시는 동안, 바닥에 앉아 있던 네 병사는 예수님의 옷을 벗겨서 네 몫으로 나눠 가지고, 겉옷은 누가 가질지를 두고 제비를 뽑으며 잡담을 나누었단다. 그들이 쓸개즙을 탄 신 포도주와 몰약을 섞은 포도주를 예수님에게 마시라고 내밀었지만, 예수님은 어느 것도 입에 대지 않으셨어.

그곳을 지나가던 악한 사람들은 예수님을 조롱했어.

"당신이 만일 하나님의 아들이라면, 십자가에서 내려와 보시지!"

대제사장들도 예수님을 한껏 비웃었어.

"죄인들을 구원하러 왔다더니, 자기 자신은 구원하지 못하네!"

함께 십자가에 매달린 두 강도 가운데 한 사람도 예수님에게 욕설을 퍼부으며 말했어.

"당신이 정말 그리스도라면, 당신도 구하고 우리도 좀 구해 보시지!"

하지만 다른 강도는 죄를 뉘우치며 말했어.

"주여, 주님 나라에 임하실 때 저를 기억해 주십시오!"

그러자 예수님은 이렇게 대답하셨어.

"오늘 네가 나와 함께 낙원에 있을 것이다."

누구 하나 예수님을 가엾게 여기지 않았지만, 한 제자와 네 여인은 달랐단다. 참으로 진실하고 따뜻한 마음을 지닌 그 여인들에게 하나님께서 복을 내리셨을 거야! 그들은 예수님의 어머니, 어머니의 자매, 글로바의 아내 마리아, 그리고 머리카락으로 예수님의 발을 두 번이나 닦아드린 막달라 마리아였어. 그 자리에 있던 제자는 예수님이 사랑하신 제자 요한이었지. 최후의 만찬 때 예수님 품에 기대어 누가 배반자인지 여쭈었던 바로 그 제자란다. 예수님은 십자가 아래 서 있는 그들을 바라보시고, 어머니에게 자신이 죽으면 요한이 아들처럼 돌봐드릴 거라고 말씀하셨어. 그때부터 요한은 마리아를 친어머니처럼 모시고 사랑으로 돌봐드렸단다.

정오 무렵, 사방에 깊고도 두려운 어둠이 드리웠고, 그 어둠은 오후 세 시까지 계속되었어. 그러던 끝에 예수님이 큰 소리로 외치셨어.

"나의 하나님, 나의 하나님, 어찌하여 나를 버리셨나이까!"

그 소리를 들은 병사들이 그곳에 놓여 있던 신 포도주를 해면에 적셔, 기다란 갈대에 매달아 예수님 입에 대었단다. 예수님은 그것을 받은 후에 말씀하셨어.

"다 이루었도다!"

그리고 다시 한번 힘껏 외치셨어.

"아버지! 내 영혼을 아버지 손에 부탁하나이다!"

그렇게 말씀하신 후, 예수님은 마지막 숨을 거두셨단다. 그 순간 무시무시한 지진이 일어났어. 성전의 거대한 벽이 갈라지고 바위들도 쪼개졌어. 그 광경을 본 병사들은 두려움에 휩싸여 서로 웅성거렸어.

"이분은 틀림없이 하나님의 아들이셨다!"

멀리서 십자가를 지켜보던 사람 중에는 여인도 많았는데, 그들은 가슴을 치며 두려움과 슬픔 속에 집으로 돌아갔단다.

다음 날이 안식일이었기에, 유대인들은 시신들이 십자가에 매달린 채 안식일을 맞이하지 않도록 당장 내려 달라고 빌라도에게 요청했단다. 이에 병사들이 와서, 함께 처형된 두 강도의 다리를 꺾어 죽음을 재촉했지. 하지만 예수님에게 왔을 때는 이미 숨을 거두신 뒤였기에, 다리를 꺾지 않고 창으로 옆구리만 찔렀어. 그러자 상처에서 피와 물이 흘러나왔단다.

아리마대에 사는 요셉은 예수님을 믿고 따르던 선한 사람이었어. 유대인들이 두려웠던 요셉은 몰래 빌라도를 찾아가 예수님의 시신을 달라고 간청했지. 빌라도가 허락하자, 요셉은 니고데모와 함께 예수님의 시신을 가져다가, 유대인의 관습대로 향유를 뿌리고 세마포로 정성껏 싸서 장례를 준비했단다. 그들은 십자가 처형장 근처 동산에 있는, 바위를 파서 만든 새 무덤에 예수님을 안치했어. 그 무덤에는 아직 누구도 묻힌 적이 없었어. 요셉과 니고데모는 무덤 입구를 커다란 돌로 막고 자리를 떠났어. 곁에서 그 모습을 지켜보던 막달라 마리아와 또 다른 마리아는 그곳에 계속 남아 있었어.

대제사장들과 바리새인들은 예수 그리스도가 죽은 지 사흘 만에 다시 살아나겠다고 제자들에게 하셨던 말을 기억해 냈단다. 그래서 빌라도를 찾아가, 그날까지 무덤을 철저히 지켜 달라고 부탁했지. 혹시 제자들이 시신을 훔쳐 간 뒤, 그리스도가 다시 살아났다고 사람들에게 떠벌릴까 봐 두려웠던 거야. 빌라도는 그 말에 동의하여, 병사들을 보내 무덤을 밤낮으로 지키게 했어. 또 무덤 입구를 막은 돌에 봉인까지 해서 아무도 손댈 수 없게 했어. 그렇게 시간이 흘러 마침내 사흘째 되는 날, 곧 한 주의 첫째 날이 되었단다.

동이 틀 무렵, 막달라 마리아와 또 다른 마리아를 비롯해 여인 몇 명이 준비해 둔 향유를 들고 무덤으로 갔어.

"무덤 입구를 막은 돌을 어떻게 치우지?"

그들이 이런 말을 하면서 걱정하는 순간, 땅이 크게 진동하더니 하늘에서 한 천사가 내려와 돌을 굴려 내고 그 위에 앉았단다. 천사의 얼굴은 눈부시게 빛났고 옷은 눈처럼 새하얬어. 그 모습을 본 경비병들은 너무 두려운 나머지 죽은 듯 기절하고 말았지.

막달라 마리아는 돌이 치워지는 모습을 보자, 더 기다리지도 않고 곧장 베드로와 요한에게 달려갔어. 때마침 그들도 무덤 쪽으로 오고 있었어.

마리아가 숨을 헐떡이며 말했어.

"누가 주님을 옮겨 갔어요! 그런데 어디에 두었는지 모르겠어요!"

베드로와 요한은 황급히 무덤을 향해 달려갔어. 걸음이 빨랐던 요한이 먼저 도착했지. 그는 몸을 굽혀 무덤 안을 들여다보았어. 예수님의 시신을 감쌌던 세마포가 그대로 놓여 있었지만, 요한은 안으로 들어가지 않았어. 뒤이어 도착한 베드로는 곧장 무덤 안으로 들어갔어. 한쪽엔 세마포가 놓여 있고 다른 쪽엔 예수님의 머리를 감쌌던 수건이 놓여 있었어. 그제야 요한도 무덤 안으로 들어가 같은 광경을 확인했어. 두 사람은 이 사실을 다른 제자들에게 알리려고 서둘러 집으로 돌아갔단다.

하지만 막달라 마리아는 무덤 밖에 그대로 남아 울고 있었지. 그러다 한참 만에 몸을 굽혀 무덤 안을 들여다보았는데, 흰옷을 입은 두 천사가 예수님의 시신이 놓였던 자리에 앉아 있었어.

그들이 마리아에게 물었어.

"여인아, 왜 울고 있느냐?"

마리아가 대답했어.

"누가 우리 주님을 옮겨 갔는데, 어디에 두었는지 모르겠어요."

마리아는 그렇게 말하고 몸을 돌렸다가 그 뒤에 서 계신 예수님을 보았어. 하지만 그분이 예수님인 줄은 알아보지 못했어.

예수님이 말씀하셨어.

"여인아, 왜 울고 있느냐? 누구를 찾고 있느냐?"

마리아는 그분이 동산을 지키는 사람인 줄 알고 이렇게 대답했어.

"선생님, 혹시 우리 주님을 옮기셨다면 어디에 두었는지 알려 주세요. 제가 그분을 모셔 가겠습니다."

그러자 예수님이 조용히 그녀의 이름을 부르셨지.

"마리아!"

그제야 마리아는 예수님인 걸 알아보고 깜짝 놀라 소리 쳤어.

"주님이시군요!"

예수님은 마리아에게 이렇게 말씀하셨어.

"나를 붙잡지 마라. 나는 아직 아버지께로 올라가지 않았 다. 가서 제자들에게 전하여라. 내가 나의 아버지이자 너희 의 아버지께, 또 나의 하나님이자 너희의 하나님께 올라갈 거라고!"

막달라 마리아는 곧장 제자들에게 달려가, 그리스도를 뵈었다는 것과 그분이 하신 말씀을 전했단다. 그 자리에는 마리아가 아까 베드로와 요한을 부르러 가기 전에 함께 있던 여인들도 모여 있었어. 이번엔 그 여인들이 마리아와 다른 제자들에게 말했어. 무덤가에서 빛나는 옷을 입은 두 사람을 보고 두려워서 엎드렸더니, 그들이 "주께서 다시 살아나셨다"라고 알려 줬다고 말이야. 또 그 소식을 전하러 오는 길에 그리스도를 만나, 그분 발을 붙잡고 경배했다는 이야기도 들려줬어. 하지만 제자들은 그 모든 이야기를 황당한 말로 여겨 믿지 않았단다.

한편, 경비병들도 기절했다가 깨어난 뒤 자신들이 목격한 일을 대제사장들에게 달려가 보고했어. 그러자 대제사장들은 그들에게 큰돈을 주면서 입막음하였고, 그들이 잠든 사이에 제자들이 시신을 훔쳐 갔다는 식으로 말하라고 지시했어.

그런데 바로 그날, 열두 사도 중 하나인 시몬과 그리스도의 추종자 중 하나인 글로바가 예루살렘에서 조금 떨어진 엠마오라는 마을로 함께 걸어가고 있었단다. 두 사람은 걸으면서 그리스도의 죽음과 부활에 관해 이런저런 이야기를 나누었어. 그런데 그때 한 낯선 이가 다가와 그들과 함께 걷기 시작했어. 그는 성경 말씀을 하나하나 풀어서 설명해 주고, 하나님에 관해 많은 이야기를 들려주었어. 그의 깊은 지식에 시몬과 글로바는 무척 놀랐지. 그렇게 이야기를 나누며 걷다 보니, 어느덧 날이 저물었어. 세 사람은 엠마오에 도착했고, 시몬과 글로바가 낯선 이에게 함께 머물자고 청했단다. 그러자 그는 흔쾌히 그러겠다고 했지. 저녁 식사 자리에서 낯선 이는 빵을 들어 축복한 뒤, 최후의 만찬 때 예수님이 하셨던 것처럼 그 빵을 떼어 나누어 주었어. 그 순간, 시몬과 글로바는 놀라 그의 얼굴을 바라보았고, 그제야 그가 예수님이라는 사실을 깨달았단다. 하지만 바로 그 순간, 예수님은 그들 눈앞에서 홀연히 사라지셨어.

그들은 벌떡 일어나 곧장 예루살렘으로 돌아갔어. 그리고 함께 모여 있던 제자들을 찾아가 자신들이 목격한 일을 들려주었어. 그런데 그들이 이야기를 나누고 있을 때, 예수님이 갑자기 그들 한가운데 나타나서 말씀하셨어.

"너희에게 평화가 있기를!"

사람들이 몹시 놀라 두려워하자, 예수님은 자기 손과 발을 보여 주며 만져 보라고 하셨어. 그리고 그들이 놀란 마음을 가라앉힐 수 있도록, 구운 생선 한 토막과 꿀 한 조각을 그들 앞에서 드셨어.

하지만 열두 제자 가운데 도마는 그 자리에 없었단다. 나중에 다른 제자들이 그에게 "우린 주님을 뵈었어!"라고 말했지만, 도마는 고개를 저으며 이렇게 말했지.

"그분 손에 난 못 자국을 내 눈으로 확인하고, 그분 옆구리에 내 손가락을 넣어 보지 않고서는 나는 도저히 믿을 수 없어!"

그 순간, 문이 모두 닫혀 있었는데도 예수님이 다시 그들 가운데 나타나 말씀하셨어.

"너희에게 평화가 있기를!"

그러고 나서 도마를 바라보며 말씀하셨어.

"네 손가락을 이리 내밀어 내 손을 만져 보고, 네 손도 뻗어 내 옆구리에 넣어 보아라. 믿지 못하는 자가 되지 말고 믿는 자가 되어라."

그제야 도마는 고개를 숙이며 고백했어.

"나의 주님, 나의 하나님이시여!"

그러자 예수님께서 말씀하셨어.

"도마야, 너는 나를 보았기에 믿었지만, 보지 않고도 믿는 사람이 참으로 복되다."

그 뒤로 예수 그리스도는 한 번에 오백 명이나 되는 추종자들 앞에 나타나셨어. 또 다른 무리와는 마흔 날 동안 함께 지내며 하나님의 말씀을 가르치셨단다. 예수님은 그들에게 세상으로 나아가 복음을 전하라고 당부하셨고, 악한 자들이 어떻게 하든 두려워하지 말라고 하셨어. 그리고 마침내 예수님은 제자들을 데리고 예루살렘을 떠나 베다니 근처까지 함께 걸어가셨어. 거기서 제자들을 축복하신 뒤, 구름을 타고 하늘로 올라가 하나님의 오른편에 앉으셨지. 예수님이 사라지신 푸른 하늘을 제자들이 멍하니 바라보고 있을 때, 흰옷을 입은 두 천사가 그들 앞에 나타났어. 두 천사는 제자들에게 이렇게 말했단다.

"너희가 지금 하늘로 올라가시는 예수님을 본 그대로, 그분은 언젠가 다시 이 땅에 내려오셔서 온 세상을 심판하실 것이다."

그리스도가 더 이상 보이지 않게 되자, 사도들은 그분이 명하신 대로 사람들을 가르치기 시작했단다. 먼저, 사악한 유다를 대신할 새로운 사도로 맛디아라는 사람을 뽑은 뒤, 각지로 흩어져 그리스도의 삶과 죽음, 십자가에서의 희생과 부활을 전했지. 사도들은 예수님이 가르치신 귀한 말씀을 나누며 그분의 이름으로 세례를 주었고, 예수님이 주신 능력으로 병든 자를 고치고, 눈먼 사람을 보게 하고, 말 못하던 이를 말하게 하며, 듣지 못하던 이의 귀를 열어 주었단다. 예수님이 하셨던 그대로 말이야. 베드로는 한때 감옥에 갇혔지만, 한밤중에 천사가 나타나 그를 감옥에서 이끌어 내었지. 또 한번은, 아나니아라는 사람과 그의 아내 삽비라가 하나님 앞에서 거짓말을 했는데, 베드로가 진실을 밝히자 그들은 그 자리에서 쓰러져 죽고 말았단다.

사도들은 어디를 가든 박해를 받았어. 그중에서도 특히 사울이라는 사람에게 잔혹한 대우를 당했지. 사울은 스데반이라는 그리스도인이 돌에 맞아 죽을 때, 그를 죽인 무리의 겉옷을 대신 맡아준 사람이었고, 언제나 앞장서서 그리스도인을 괴롭히려 했단다. 하지만 하나님께서는 훗날 그런 사울의 마음을 바꾸어 놓으셨어. 어느 날, 사울은 다마스쿠스로 가던 길에 있었어. 그곳에 있는 그리스도인들을 잡아 감옥에 가두려는 계획이었지. 그런데 그때 하늘에서 찬란한 빛이 그를 에워싸더니, "사울아, 사울아, 어찌하여 나를 핍박하느냐?"라는 음성이 들려왔어. 그 순간 보이지 않는 손에 의해 사울은 말에서 떨어졌고, 함께 가던 경비병들과 병사들이 보는 앞에서 땅에 쓰러지고 말았지. 사람들의 부축을 받고 일어났을 때, 사울은 앞을 전혀 보지 못했어. 그렇게 사흘 동안 그는 눈이 먼 채 먹지도 마시지도 않았단다. 그러던 중, 천사가 보낸 그리스도인이 예수 그리스도의 이름으로 사울의 눈을 뜨게 해 주었어. 그 일을 계기로 사울은 마음을 돌이켜 그리스도인이 되었단다. 그 뒤로는 사도들과 함께 복음을 전하고 믿음을 실천하면서 놀라운 일을 행했단다.

그들은 구세주 그리스도의 이름을 따라 '그리스도인'이라 불리게 되었고, 예수님이 십자가 위에서 고난받아 죽으셨기에 십자가를 그들의 상징으로 삼았지. 당시 세상에 퍼져 있던 종교는 대부분 거짓되고 잔혹했으며, 사람들에게 폭력을 조장하기도 했어. 신들을 기쁘게 하겠다는 이유로 신전에서 짐승을 죽이고, 심지어 사람까지 제물로 바치기도

했단다. 그 피비린내를 신이 좋아한다고 믿었기 때문이야. 당시에는 신이라 불리는 존재가 아주 많다고 여겨졌고, 그에 따라 잔혹하고 혐오스러운 의식이 널리 행해졌어. 하지만 그리스도인의 믿음은 달랐단다. 기독교는 진실하고 자비롭고 선한 종교였지. 그런데도 옛 종교를 따르던 제사장들과 지도자들은 사람들을 선동하여 그리스도인들을 핍박하게 했어. 그 결과, 수많은 그리스도인이 십자가형이나 참수형, 화형에 처했고, 산 채로 묻히거나 들짐승에게 찢겨 죽임을 당하기도 했어. 이런 끔찍한 일들이 오랜 세월 동안 사람들의 구경거리로 벌어졌단다. 그렇지만 어떤 위협도 그들을 침묵하게 하거나 두렵게 할 수는 없었어. 그들은 자신이 마땅히 할 일을 다한다면, 천국에 가게 되리라고 굳게 믿었거든. 그래서 수많은 그리스도인이 일어나 사람들에게 복음을 전했고, 무참히 죽임을 당하면서도 또 다른 이들이 그 자리를 이어갔어. 그리하여 기독교는 마침내 세상의 위대한 종교로 자리 잡게 되었단다.

기억하렴! 그리스도인은 언제나 선을 행하며 살아야 한단다. 우리에게 해를 끼치는 사람에게도 마찬가지야. 이웃을 내 몸과 같이 사랑하고, 내가 대접받고 싶은 대로 남을 먼저 대하는 삶, 그게 바로 기독교 신앙이란다. 그리스도인은 온유하고 자비롭고 용서하는 마음으로 살아야 한단다. 그런 마음을 조용히 간직하고, 누군가에게 자랑하려 들지 않아야 해. 기도를 많이 한다거나 하나님을 사랑한다는 말을 떠벌리기보다는 나날이 행동으로 그 마음을 보여 주는 사람, 그가 진짜 믿음 있는 사람이란다. 예수님이 어떻게 사셨는지, 무엇을 가르치셨는지 늘 떠올리고 그 가르침을 따라 살려고 노력한다면, 하나님께서 우리 죄와 실수를 용서해 주시고, 우리가 평화롭게 살고 평안하게 떠날 수 있도록 인도해 주실 거란다.

어린 자녀들을 위해
찰스 디킨스가 쓴 두 가지 기도문

CHARLES DICKENS

　잘 들어 보렴. 우리 주 예수 그리스도께서 제자들에게, 그리고 우리 모두에게 가르치신 말씀이란다. 우리는 날마다 이 가르침을 마음에 새기고 실천해야 해.

　주 너희 하나님을 사랑하라.
　네 마음을 다하고, 생각을 다하고, 영혼을 다하고, 힘을 다하여 사랑하라.
　그리고 네 이웃을 네 몸과 같이 사랑하라.
　남에게 대접받고 싶은 대로 너도 남을 대해라.
　누구에게나 자비롭고, 온유한 마음으로 살아야 한단다.

　예수 그리스도께서는 이보다 더 큰 계명이 없다고 말씀하셨단다.

저녁 기도

세상 만물을 창조하시고, 창조하신 만물을 참으로 자비롭고 다정하게 돌봐 주시는 하나님, 바르게 살려고 애쓰는 사람들에게 은혜를 베푸시는 하나님, 부디 제가 사랑하는 아버지와 어머니, 형제자매, 일가친척과 친구들을 복되게 해 주세요. 저를 착한 아이로 자라게 하시고, 말썽 피우거나 거짓말하지 않도록 도와주세요. 거짓말은 비겁하고 부끄러운 일이니까요. 저를 돌봐 주는 분들은 물론, 거지와 가난한 사람들에게도 친절한 마음을 품게 해 주세요. 그리고 말 못하는 동물에게도 절대로 잔인하게 굴지 않게 해 주세요. 작은 파리 한 마리라도 함부로 대한다면, 참으로 선하신 하나님께서 저를 사랑하지 않으실 테니까요. 오늘 밤에도, 또 영원히 우리 모두를 지켜 주고 복을 내려 주세요. 우리 주 예수 그리스도의 이름으로 기도드립니다. 아멘.

옮긴이 _ **박미경**

고려대학교 영문과를 졸업하고 건국대학교 교육대학원에서 교육학 석사 학위를 취득했
다. 외국 항공사 승무원, 법률회사 비서, 영어 강사 등을 거쳐 현재 바른번역에서 전문 출
판번역가이자 글밥아카데미 강사로 활동하고 있다. 옮긴 책으로《내가 틀릴 수도 있습니
다》,《우리는 지금 문학이 필요하다》,《인생의 마지막 순간에서》,《에블린 휴고의 일곱 남
편》,《템플 그랜딘의 비주얼 씽킹》,《아서 씨는 진짜 사랑입니다》,《마음챙김》,《살인 기술
자》,《언틸유아마인》,《프랑스 여자는 늙지 않는다》,《이어 제로》,《슈퍼히어로의 에로틱 라
이프》,《남편이 임신했어요》,《내가 행복해지는 거절의 힘》 등이 있다.

예수의 생애

초판 1쇄 인쇄 2025년 7월 7일 | 초판 1쇄 발행 2025년 7월 15일

지은이 찰스 디킨스 | 옮긴이 박미경

펴낸이 신광수
출판사업본부장 강윤구 | 출판개발실장 위귀영
단행본팀 김혜연, 정혜리, 조기준, 조문채
출판디자인팀 최진아, 당승근 | 출판기획팀 정승재, 김마이, 이아람, 전지현
출판사업팀 이용복, 민현기, 우광일, 김선영, 이강원, 허성배, 정유, 정슬기, 박세화,
        정재욱, 김종민, 정영묵
출판지원파트 이형배, 이주연, 이우성, 전효정, 장현우

펴낸곳 (주)미래엔 | 등록 1950년 11월 1일(제16-67호)
주소 06532 서울시 서초구 신반포로 321
미래엔 고객센터 1800-8890
팩스 (02)541-8249 | 이메일 bookfolio@mirae-n.com
홈페이지 www.mirae-n.com

ISBN 979-11-7347-791-1 (03840)